はじめての漢詩作り入門

後藤淳一［編著］

大修館書店

はじめに

本書は「漢詩をまずは一首作ってみる」ことを目標に、主に初めて漢詩を作る方に向けて書かれた入門書です。第1章から第3章では、練習問題を解きながら漢詩作りに必要な基本事項を学びます。解説はごく基本の（ただし必須の）ことにしぼり、実際の作業に近い練習問題を解くことで、漢詩創作を体感してもらうことに主眼を置きました。そして第4章では、第1章から第3章で学んだことを踏まえつつ、詩語集を使って漢詩を作る際の具体的な行程を紹介しています。

第5章は、中学校や高等学校の授業での漢詩創作に向けて、指導者の方々に活用いただきたい実践案です。限られた授業の中でいきなり本格的な漢詩作りを求めるのは難しい場合もあるため、例えば「和習」の表現（日本的な表現）を許容するなど、第1章から第3章で解説したルールに必ずしもとらわれない形の実践案も紹介しています。最後の第6章では、漢詩を作る際に役立つ資料をまとめました。

漢詩は詩語集や漢和辞典を活用しながら作るため、本書の練習問題もそれら参考書を適宜使って解くことを想定しています。「詩語集や漢和辞典を上手に活用して詩句を考える」という作業が、実際の漢詩作りにつながる大切な行程だからです。難しい練習問題もあるかもしれませんが、あきらめず、詩語集や漢和辞典を引きながら挑戦してみてください。そして、まずは一首を作ることを目標にがんばってください。

本書を活用する上で必要な参考書

✣詩語集

漢詩に用いる詩語を集めた書籍を「詩語集」と言います。現代の日本人が使いやすいようさまざまな配慮がされた『漢詩創作のための詩語集』（石川忠久監修、大修館書店）を本書ではお薦めしています。↓76ページ

✣漢和辞典

漢字の用法や平仄・韻目を調べるのに使います。現代日本の漢字を説明する辞典ではなく、古代中国の漢字（漢文）の用法について説明するいわゆる「漢和辞典」を使ってください。

目次

第1章　漢文のルールを学ぼう

＊この五章では、中学や高校の授業で活用いただくことを想定し、引用した漢詩の仮名遣いを歴史的仮名遣いにしたり、練習問題の答えを解説内に記したり、他の章と異なる扱いをしています。

執筆　**後藤淳一**（第1〜3章、第6章）
中嶋　愛（第4章、第6章）
岡本利昭（第5章）

第1章

1 和習を避ける・詩語を用いる

日本人にとって漢詩とは、はっきり言って外国の詩です。その日本人が外国語の詩を作る際は、**「古代漢語」という昔の中国語の文（＝漢文）を自分で作れるようになることが必要**となります。

漢詩はもともと古代中国で生み出された文学形式の一種でしたが、のちに中国の漢字文化が周辺地域に広まり、東アジア漢字文化圏というものが形成されるようになると、その漢字文化圏で広く作られ共有されるようになりました。日本の漢詩も、この漢字文化圏のどの地域においても理解されることを念頭に作られたものがほとんどでした。つまり、古代漢語を用いず単に日本人にだけ通じればよいという発想で漢詩を作ることは、厳に慎まれたのです。

この古代漢語にはない言葉や用法で漢詩を作ることを**「和習《わしゅう》」**（または**「和臭《わしゅう》」**）と呼び、次の3つがあります。

①単語レベル…新たに日本で作られた漢語（和製《わせい》漢語）
②用法レベル…日本独自の訓（和訓《わくん》）や用法（国用《こくよう》）
③用字レベル…日本で独自に作られた漢字（国字《こくじ》）

これらの和習を避けることが漢詩作りでは重要になります。

日本は古代に中国から漢字を導入し、それを独自に日本語の中に運用して、ひいてはオリジナルの漢字の単語を続々と創出してきましたから、「社会」「科学」「思想」等々、①の和製漢語は数多く存在します。②は、例えば「若」は日中共通して使われる漢字ですが、もともと「わかい」という意味はなく、古代漢語では「もし」「ごとし」「なんじ」等の意味・用法しかありません。よって漢詩の中で「若」をわかいの意味で使うと和習ということになってしまいます。③は、日本でしか通じない漢字で、例えば、「畑・峠・働・笹・辻・鴫《しぎ》・鰯《いわし》……」などがあります。（和習については62ページの「要注意の和習」も参照してください）

そしてこのような和習を避けるのと同時に、もう一つ重要なことがあります。漢詩は基本的に漢文で書かれていますが、実は散文《さんぶん》の漢文と漢詩の漢文では少々言葉遣いが異なるのです。この**漢詩特有の言葉を「詩語《しご》」と呼び、漢詩は詩語を用いて作らなければならないのです。**

そこで必要となるのが「詩語集」です。現代の日本で入手できる詩語集はいくつかありますが、中でも『漢詩創作のための詩語集』（石川忠久監修。↓76ページ）は収録する詩語も多く、和習の語を収録しない方針で編集されていて、これを活用するのが取りあえず最善と言えましょう。

そこで、まずは和習の語を詩語集や漢和辞典を用いて詩語に置き換える練習から始めてみましょう。

問題 次に挙げた和習の語を、詩語集や漢和辞典を調べて「詩語」に書き換えてみましょう。（解答は78ページ）

① 田畑
② 蝶々《ちょうちょう》
③ 花火
④ 朝顔
⑤ 椿《つばき》
⑥ 鮎《あゆ》
⑦ 海月《くらげ》
⑧ 吹雪《ふぶき》
⑨ 夕立《ゆうだち》
⑩ 夕焼《ゆうやけ》
⑪ 船頭
⑫ 三日月
⑬ 大晦日《おおみそか》
⑭ 墓参
⑮ 全世界
⑯ 料亭
⑰ 布団
⑱ 屋根
⑲ 引越《ひっこし》
⑳ 子供
㉑ 若者
㉒ 誕生日
㉓ 卒寿《そつじゅ》
㉔ 手紙

ヒント

◆ ㉓の「卒寿」は九十歳の意。

◆『漢詩創作のための詩語集』で調べる場合は、『詩語集』巻頭の「分類一覧」から探します。例えば問題①の田畑は、「分類一覧」を見ると「情景」という部門に「田園」という分類があり、さらにその中に「田畑」という分類が見つかります。そこに記してあるページのところに行くと、田畑に関する詩語が掲載されています。

漢和辞典で調べる時は、「田」の漢字のページに掲載されている「田」の付く漢語を見て、田畑の意味の言葉がないかを探します。ただ、この方法では調べられない場合もあるため、全文検索のできる電子辞書などがあれば、「田畑」「たはた」などで検索してみて探すことができます。

2 動詞の用法

漢詩は「詩語」を用いて作る、ということを理解したところで、ではそれらの詩語をどう配置していくかを確認していきましょう。まずは動詞の用法です。

ア 動詞＋目的語 例 飲酒 訓読 酒を飲む

日本語と違って「動詞を先に言い、目的語はその後」というルールが漢文法の大原則だと覚えてください。漢文では、古代・現代の区別なく、英語と同じく〈S＋V＋O〉が基本文型です。この大原則は、例えば「飲酒」（酒を飲む）、「発言」（言を発す）など、日本語に用いられる多くの二字熟語を眺めてもわかります。

イ 動詞＋場所・対象 例 登山 訓読 山に登る

ウ 動詞＋起点 例 起床 訓読 床《しょう》より起く

エ 動詞＋発言や思考の内容 例 云好 訓読 好《よ》しと云《い》う

オ 動詞＋変化後の形 例 為人 訓読 人と為《な》り

一般に日本語で「目的語」と言う場合は、「〜を」に当たるものを指しますが、その他に例えば「登山」（山に登る）、「着席」（席に着く）や「接客」（客に接する）など、「〜に」に当たるもの（＝場所・対象）や、「起床」（床より起きる）などの「〜より」「〜から」に当たるものも、漢文では「目的語」と見なします。さらに「言（う）」や「思（う）」あるいは「成（る）」「為《な》（す）」などの動詞では、その「〜と」に当たる部分も「目的語」となり、これも動詞の後に置かねばなりません。（英語の“say”や“think”“become”などの用法と同じ）。

アの「飲酒」と、イの場所（山に〜）の構文を組み合わせるとどうなるでしょう。次のような形になります。

カ 動詞A＋目的語B＋場所・対象C

例 飲酒山上 訓読 酒を山上に飲む（BをCにAす）

日本語では「山の上で酒を飲む」が普通ですが、漢文では大抵「飲酒山上」の語順となります。

これに似た、別の構文もあります。

キ 動詞A＋目的語B（人）＋目的語C（物）

例 与我銭 訓読 我に銭《せん》を与えよ（BにCをAす）

カの訓読は「BをCに〜」、キの訓読は「BにCを〜」と、「を」と「に」が入れ替わっています。キは英語の〈S＋V＋O＋O〉構文と同じで、まず「授受に関する動詞」を用い、その最初の目的語は「人」、次の目的語は「物」が用いられます。

以上の説明を踏まえ、「目的語」の置き場所に注意して問題を解いてみましょう。

問題 次の日本語を漢文にしてみましょう。（解答は78ページ）

① 花を見る

② 山水を愛する

③ 我《わ》が耳を驚かす

④ 山の月が秋の林を照らす

⑤ 春に逢《あ》う

⑥ 西に向かって飛ぶ

⑦ 深い林に入る

⑧ 春の雪が空に満ちる

⑨ 秋の日は春の朝に勝《まさ》る

⑩ 馬から下《お》りる

⑪ 春が来たと言う

⑫ 水が氷と成る

⑬ 舟を大きな江《かわ》に浮かべる

⑭ 語《ことば》を児童に寄せる

⑮ 君に何を贈ろうか

⑯ 詩書を読むことを子に教える

⑰ 君が雪を踏《ふ》んで梅の花を訪ねたと聞いた

⑱ 海の中の山に到ったのかと疑う

⑲ 道士は深い山に隠れていると人は言う

ヒント

◆問題文の日本語で使用している漢字を使えば漢文が作れますので、まずはそれぞれの日本語から漢字を抜き出してみましょう。そして、右ページの のところを見ながら、抜き出した漢字を適切な順番に並び替えて見てください。

◆①～④は右ページのア、⑤～⑨はイ、⑩はウ、⑪はエ、⑫はオ、⑬⑭はカ、⑮はキ、⑯はアとキ、⑰はアとエ、⑱⑲はイとウを参考にしましょう。

3 形容詞や副詞の用法・認定文・否定文

次に形容詞や副詞の用法を見ていきましょう。**形容詞は日本語と同じく主語の後ろに置きます。**

ア　主語＋形容詞　例 水青　訓読 水青し

しかし中には、「多難」（困難が多い）や「稀代」（世に稀《まれ》である）など、日本語とは語順が逆転するものもあります（その多くは数量に関するものです）。

また形容詞は動詞（句）の後ろに置くこともできますが、語順によっては用法が変わることもあります。

イ　動詞＋形容詞　例 飲酒多　訓読 酒を飲むこと多し

ウ　副詞＋動詞　例 多飲酒　訓読 多く酒を飲む

前者の「多」は形容詞の用法ですが、これが後者の「多」のように動詞の前に置かれると副詞の用法となります（この場合、両者の意味する所はほぼ同じになります）。

日本語にも「厚遇」（厚く遇する）、「早退」（早く退く）・「甚大」（甚《はなは》だ大きい）などの語があるように、**副詞は動詞・形容詞の前に置きます。**

次に英語のbe動詞に当たるものとして「是」があります。

エ　主語A＋「是」＋名詞B　例 日日是好日　訓読 日日《ひび》是《こ》れ好日《こうじつ》なり（一日一日が良い日である）

「是」は訓読では「これ」と読みますが、英語“this”の意味ではなく、英語のbe動詞に相当し、「AはBである」という意味を表します。ただし英語と異なり「是」の後ろには原則として名詞や名詞相当の語しか使えません（形容詞は不可）。

オ　「不」＋動詞　例 不知　訓読 知らず

カ　「不」＋形容詞　例 不楽　訓読 楽しからず

否定文では通常「不」を動詞・形容詞の前に置きます。「不眠不休」（眠らず休まず）、「不正」（正しくない）、「不明」（明らかではない）など、日本語の中にも多くの「不〜」の形の熟語があります。

ただし漢語では「不」の後ろに名詞を置くことはできません。「不道徳」や「不都合」など、後ろに名詞が来るものは和製漢語であって、漢文には使えないのです。名詞を否定するのならば、次のような形になります。

キ　「不是」＋名詞　例 不是雪　訓読 是れ雪ならず

ク　「非」＋名詞　例 非詩　訓読 詩に非《あら》ず

これらを踏まえて問題を解いてみましょう。

問題 次の日本語を漢文にしてみましょう。（解答は78ページ）

①野の梅が香《かんば》しい

②菜の花が黄いろい

③天は高く秋の月が清らかだ

④馬が行くことが遅い

⑤酒に酔《よ》うの（程度）が深い

⑥村を遠くに見る

⑦書を読むことが忙しい

⑧花が落ちることが頻《しき》りだ

⑨花が頻りに落ちる

⑩正《まさ》に長安の花が（散り）落ちる時である

⑪霧《きり》が収まらない

⑫老《お》いても倦《う》まない

⑬君を尋《たず》ねて遇《あ》わなかった

⑭雨は多くない

⑮夢ではない

⑯去年の人ではない

⑰賢者ではない

⑱路《みち》が遥かなのを厭《いと》わない

⑲此《これ》は梅の花であって別の花ではない

ヒント

◆9ページと同じように、問題文の日本語で使用している漢字をまずは抜き出してみて、右ページの　のところを見ながら、適切な順番に並び替えてみましょう。適宜、「是」や「不」「非」の字も加えてください。

◆①～③は右ページのア、④～⑧はイ、⑨はウ、⑩はエ、⑪～⑬はオ、⑭はカ、⑮⑯はキ、⑰はク、⑱はアとオ、⑲はエとクを参考にしましょう。

4 修飾語・動詞の連続・数量語

漢文では、**修飾語は日本語と同じく後ろの言葉にかかります。**

ア 形容詞＋名詞　例 美女　訓読 びじょ（美しい女）
イ 名詞＋名詞　例 夜月　訓読 やげつ（夜の月）

前節で解説した副詞（「多飲酒」など）も動詞・形容詞にかかる修飾語と言えます。

ここで注意すべきは、名詞でもって名詞を修飾する場合で、必ず日本語と同じ語順にしなければなりません。例えば漢文では「夜月《やげつ》」は飽くまでも「夜の月」の意であって、これを「月の夜」と読むことは絶対にしてはいけません。漢文では「～の」と訓読したら必ず後ろの言葉につなげねばならないのです（「月の夜」と読む場合の漢文は「月夜《げつや》」）。

さらにこの場合、修飾する語とされる語の間に他の言葉を割り込ませることもできません。

訓読 やげつを見る（夜の月を見る）→○ 見夜月
×夜見月

右のように、「見」字を修飾関係にある「夜月」に割り込ませて「夜見月」としたら、「夜に月を見る」の意に変わってしまいます。これを「夜月《やげつ》（夜の月）を見る」と読むことは絶対にできないのです。

これに似たようなこととして、動詞が連続する場合も、次のウ・エのどちらかの意味となります。

動詞A＋動詞B↓　**ウ** 訓読 AしてBす
　　　　　　　　エ 訓読 BするをAす

例えば「謀反《むほん》」という語の場合で見てみると、

ウ 訓読 謀《はか》りて反《そむ》く（計画して主君に背く）
エ 訓読 反くを謀る（主君に背くことを計画する）
× 訓読 反きて謀る（主君に背いた上で何かを計画する）

ウ・エのどちらでも解釈できますが、×を付けた解釈には絶対になりません。漢文では「～（し）て」と訓読したら必ず後ろの言葉につなげねばならないのです。

今一つ、語順に関して注意すべきこととして、数量を表す言葉の位置があります。漢文では**数量は動詞・形容詞の後ろ、あるいは名詞の前に置くのが原則です。**

オ 動詞＋数量　訓読 …すること～（なり）　例 行千里
訓読 行くこと千里（なり）

カ 形容詞＋数量　訓読 …なること～（なり）　例 長一尺
訓読 長きこと／長さ 一尺（長いという状態は一尺だ）

これらを踏まえて問題を解いてみましょう。

問題 1　次の日本語を漢文にしてみましょう。（解答は79ページ）

① 夜でも帰るのを忘れてしまう

② 恩に報《むく》いたいと願う

③ 酔うことを辞《じ》さない

④ 酒を一《いっ》斗《と》飲む

⑤ 積雪の高さは千丈《せんじょう》（約三千メートル）だ

⑥ 道路の遠さは千里（約五百キロ）だ

ヒント

◆ ①～③は右ページのエ、④はオ、⑤⑥はカを参考にしましょう。

◆ ⑦～⑩は、次の部分をどう読むかがポイントになります。⑦「交飛」、⑧「江南二月」「好風光」、⑨「排雲上」、⑩「春帯雨」。

問題 2　次の漢文はどのような意味であり、どう訓読するのでしょうか。（解答は79ページ）

⑦ 蝶交飛

意味

訓読

⑧ 江南二月好風光

意味

訓読

⑨ 晴空一鶴排雲上

意味

訓読

⑩ 梨花一枝春帯雨

意味

訓読

5 前置詞の用法

漢語には英語の前置詞に相当するものがいくつかあり、例えば英語の前置詞 "at" と同じ使い方がされるものに「於」があります。英語では、"wait at the station" のように、**前置詞とその後ろの言葉を含む「前置詞句」（at the station）は動詞（wait）の後に置きますが、漢文では動詞の前に置くのが通例です。**

ただし、古代漢語ではこの前置詞句が英語と同じく動詞の後ろに置かれる場合もあり、その場合、訓読の仕方が変わって来るので少々厄介です。

ア　〈「於」＋場所〉＋動詞→「…に於《お》て～」と訓読。

例 於山水遊　訓読 山水に於て遊ぶ

イ　動詞＋〈「於」＋名詞〉→「於」は訓読せず、「…に～」と読む。

例 遊於山水　訓読 山水に遊ぶ

訓読されない文字を「置き字」と言いますが、「於」が置き字である場合の用法には次のようなものがあります。英語で言えば、ウは"at"、エは"from"、オは"by"、カは"than"に当たります。

ウ　動詞＋〈「於」＋名詞〉　訓読 …に～す（場所）

例 伝於世　訓読 世に伝わる

エ　動詞＋〈「於」＋名詞〉　訓読 …より～す（起点）

例 出於口　訓読 口より出《い》ず

オ　動詞＋〈「於」＋名詞〉　訓読 …に～せらる（受身）

例 制於人　訓読 人に制せらる

カ　形容詞＋〈「於」＋名詞〉　訓読 …よりも～なり（比較）

例 青於藍　訓読 藍《あい》よりも青し

前置詞には、「於」のほかに「以」「自」「与」があります。

キ　〈「以」＋名詞〉＋動詞　訓読 …を以《もっ》て～す（何かを／何かで／何らかの理由で）

例 以心伝心　訓読 心を以て心に伝《つた》う

ク　〈「自」＋名詞〉＋動詞　訓読 …より～す

例 自郷山来　訓読 郷山《きょうざん》より来たる

ケ　〈「与」＋名詞〉＋動詞／形容詞　訓読 …と～す／…と～なり

例 与朋看　訓読 朋《とも》と看《み》る

例 与世人疎　訓読 世人《せじん》と疎《うと》し

クの「自」は「従」字を用いても可です。ケの「与」は"with"に相当します。

これらを踏まえて前置詞の問題を解いてみましょう。

問題 1　次の日本語を漢文にしてみましょう。（解答は79ページ）

①末の世に生まれる

②雲が山から出る

③山よりも険しい

④文（章）を業《なりわい》と為《な》す

⑤吾《わ》が郷（里）は昔から詩人が少ない

⑥正《まさ》に此《これ》と同じだ

ヒント

◆①〜③は「於」、④は「以」、⑤は「自」、⑥は「与」を用います。

◆⑦〜⑩はどの部分が前置詞句で、どの動詞（や形容詞）と関係しているかを考え、右ページの　のところを見ながらまずはその部分を訳してみましょう。それから、文全体の意味を考えていきましょう。

問題 2　次の漢文はどのような意味であり、どう訓読するのでしょうか。（解答は79ページ）

⑦我冠制於君

意味

訓読

⑧霜葉紅於二月花

意味

訓読

⑨今朝与君酔

意味

訓読

⑩笑問客従何処来

意味

訓読

第1章 漢文のルールを学ぼう

6 助動詞の用法

漢語の助動詞は英語と同じく動詞の直前に置くのが大原則です。主な助動詞としては以下のものがあります。

ア 使役「～させる」

「使／令／教／遣」＋名詞＋動詞 訓読 …をして～せしむ

例 使人驚 訓読 人をして驚かしむ

イ 受身「～される」

「被／見」＋名詞＋動詞 訓読 …に～せらる

例 被人知 訓読 人に知らる

ウ 将然《しょうぜん》「～しようとする」

「将」＋動詞 訓読 将《まさ》に～せんとす

「欲」＋動詞 訓読 ～せんと欲《ほっ》す

例 君将去 訓読 君将に去らんとす

エ 当然・必要「～すべきだ・～する必要がある」

「当」＋動詞 訓読 当《まさ》に～すべし

「応」＋動詞 訓読 応《まさ》に～すべし

「宜」＋動詞 訓読 宜《よろ》しく～すべし

「須」＋動詞 訓読 須《すべか》らく～すべし

例 君当酔 訓読 君当に酔うべし

オ 可能「～できる」

「可」＋動詞 訓読 ～すべし

「能」＋動詞 訓読 能《よ》く～す

例 猶可見 訓読 猶《な》お見るべし

アの使役の場合、上に挙げた四字のどれを使っても構いません。また、使役とイの受身では、「使殺（殺さしむ）」「被殺（殺さる）」のように、間に入る〈人〉の部分を省略して直接動詞に続けても構いません。

ウの「将」とエに掲げた四字は、**同じ字を二回読む「再《さい》読《どく》文字」**です。「将来（将《まさ》に来たらんとす）」のように、「将」の字を二回、傍線のように読みます。再読文字は助動詞となってその後ろに必ず動詞を用いねばなりません。

オに掲げた「可」は「べし」と訓読し、「可能」が基本義ですが、そのほかに次のような用法もあります。

カ 当然「～すべきだ」

例 汝可往 訓読 汝《なんじ》往《ゆ》くべし

キ 相応・価値「～するにふさわしい・～する価値がある」

例 花可愛 訓読 花愛すべし

ク 推量「～だろう」（「当」「応」を用いてもよい）

例 必可独不死 訓読 必ず独り死せざるべし

もう一つの「能」は、否定文「不能」では「～する能《あた》わず」となり、訓読の仕方が変わります。

問題 1　次の日本語を漢文にしてみましょう。（解答は79ページ）

①人を悲しませる

②隣の翁《おきな》（お爺さん）に笑われる

③春は尽きようとしている

④君は（酒を）飲む必要がある

⑤誠に愛するにふわさしい

⑥誰が此《ここ》に来ることができよう

ヒント

◆①は使役、②は受身、③は将然、④は当然・必要、⑤⑥は可能の助動詞を用います。

◆⑦～⑩はどの部分が助動詞で、どの動詞と関係しているかを考え、右ページの　のところを見ながらまずはその部分を訳してみましょう。それから、文全体の意味を考えていきましょう。

問題 2　次の漢文はどのような意味であり、どう訓読するのでしょうか。（解答は79ページ）

⑦此花莫遣俗人看

意味

訓読

⑧年今将半百

意味

訓読

⑨勧君当酔万花中

意味

訓読

⑩応是先生出未帰

意味

訓読

第1章　漢文のルールを学ぼう

7「有」「無」字の用法

何かが「有る・いる」「無い・いない」ということを言う場合、日本語では「○○が有る」「○○が無い」と主語が「有る」「無い」の上に来ますが、漢文では語順が反対で、「有」「無」のほうが上に来ます。

例 有名（名が有る）　無名（名が無い）

例 有資格（資格が有る）　無資格（資格が無い）

例 有人飛行（人がいての飛行）　無人飛行（人がいなくての飛行）

ここで注意すべきは、漢語には「ある・いる」の意を表す語が二つあることとです。

ア「有」+物・人　訓読 ～有り（何々がある・いる）

例 山中有春草　訓読 山中《さんちゅう》に春草有り

イ「在」+場所　訓読 ～に在り（どこそこにある・いる）

例 春草在山中　訓読 春草 山中に在り

このように「有」と「在」には使い分けがあり、何かが或る場所に「ある・いる」と言う場合は「在」を用いなければなりません。なお、イの否定形は次のようになります。

ウ「不在」+場所　訓読 ～に在らず（どこそこにない・いない）

また「有」「無」字を用いた特殊構文というものもあります。

エ「有」+物・人+動詞

訓読 ①…有り～す／②…の～する有り

例 有人帰　訓読 人の帰る有り

オ「無」+物・人+動詞

訓読 ①…として～する無し／②…の～する無し

例 無客到　訓読 客《かく》の到る無し

例えば『論語』の第一節に、「有朋自遠方来」という文があります。これは「友達がいる。（その友達は）遠方からやって来る」という構造で、つまり「遠方からやって来る友達がいる」という意なのです。これは下の「自遠方来（遠方より来たる）」がその上の「朋」を後ろから修飾するという構造であって、12ページで解説した修飾語の位置の原則（＝修飾語は後ろの言葉にかかる）から外れるものです。この特殊な修飾法は「有」「無」字にのみ許されるものであり、原則として他の動詞では許されません。

なおオの①の読みは、「無家不読書（家として書を読まざる無し）」など、おおむね下に否定文が来る場合に採用します。それ以外は②の読みを採用するのが適当です。

これらを踏まえて「有」「無」の問題を解いてみましょう。

問題1 次の日本語を漢文にしてみましょう。（解答は79～80ページ）

① 山の上に山がある

② 天下の英雄は幾人《いくにん》（何人《なんにん》）いるのだろう

③ 独り異郷《いきょう》にいる

④ 知己《ちき》（親友）がいないことを嘆くべきだ

⑤ 時にやって来る山の僧がいる

⑥ 酒を送って来てくれる人はいない

ヒント

◆ ①～③は、「何々がある・いる」なのか、「どこそこ（場所）にある・いる」なのかを押さえて、「有」「在」を使い分けましょう。

◆ 「有」「無」より後ろに動詞が来ているものは特殊構文です。右ページのエ・オを確認しましょう。「有」が文の途中にある場合はエ②の読みを採用するのが適当です。

問題2 次の漢文はどのような意味であり、どう訓読するのでしょうか。（解答は80ページ）

⑦ 白雲生処有人家

意味

訓読

⑧ 過在将軍不在兵

意味

訓読

⑨ 庭前時有東風入

意味

訓読

⑩ 忽有野僧来叩門

意味

訓読

8 存現文・その他の特殊構文

漢文には18ページで取り上げたもののほかにも特殊構文があり、その代表格が「存現文《そんげんぶん》」と呼ばれるものです。何かが「存在する」、「現れる」（あるいは「消える」）ことを言う表現で、前節で解説した「有」の用法はまさしく何かが「存在する」ことを言う存現文でした。もう一つの、何かが「現れる」ことを言う場合とは、そのほとんどが何らかの自然現象を言う場合です。

「有」の用法で見たように、何かが「存在すること」を言う場合は日本語とは語順が逆転するのが通例ですが、「現れる」ことを言う場合も、「開花」「発芽」など動詞（開・発）が先に来て、主語に当たる言葉（花・芽）が動詞の後ろに来ます。ただしこれらは、漢詩文では「花開」「芽発」などと日本語と同じ語順にしても可であり、言語的柔軟性があると言えます。

ア　主語が動詞の後　例 開花　訓読 花開く

イ　主語が動詞の前　例 花開　訓読 花開く

「何」「誰」などの疑問詞を使う場合にも、特殊語法が許容されます。

ウ　疑問詞が動詞の後　例 求何　訓読 何をか求めん

エ　疑問詞が動詞の前　例 何求　訓読 何をか求めん

動詞の後ろの目的語が疑問詞の場合は、語順を逆転させて疑問詞を動詞の前に用いることも許されるのです。

もう一つ、古代漢語にのみ存在する不思議な構文が「知」の用法です。

オ　「知」＋疑問詞文　訓読 **知《し》んぬ……ぞ**

例 知何時　訓読 知んぬ何《いず》れの時ぞ

カ　「不知」＋疑問詞文　訓読 **知らず……ぞ**

例 不知何時　訓読 知らず何《いず》れの時ぞ

実は「知」の後ろを疑問詞文にすると、**肯定であっても否定であっても、いずれも「さて一体……だろうか」という意味となるのです。**例えば孟浩然の「春暁」詩の最後に「花落知多少」という句がありますが、「知」の下の「多少」は元来「どれくらい」という意の疑問詞であり、右の句は「花落つること知んぬ多少ぞ」と訓読し、「花は一体どれくらい散り落ちたのだろうか」の意となります。これを「知」の部分を否定文にして「不知多少」（知らず多少ぞ）としても、全く同じ意味となるのです。

これらを踏まえて特殊構文の問題を解いてみましょう。

問題 1 次の日本語を漢文にしてみましょう。（解答は80ページ）

① 新たに雨が（通り）過ぎる

② 春雷が鳴る

③ 何《いず》れの処《ところ》に去ったのか

④ 我《われ》（わたし）が（ここに）来て馬を駐《とど》めても人は何を問うのか

⑤ さて一体誰であるのか

⑥ さて一体幾度《いくたび》、春風に酔ったことか

ヒント

◆①②は動詞を主語の前に置く存現文、⑥は「不知」を用いて答えましょう。

◆⑦は存現文、⑧は疑問詞を使う特殊構文です。⑨⑩の「知＋疑問詞文」「不知＋疑問詞文」はどちらも「さて一体……か」という意味になります。

問題 2 次の漢文はどのような意味であり、どう訓読するのでしょうか。（解答は80ページ）

⑦ 巫峡常吹千里風

意味

訓読

⑧ 挙酒高楼誰作伴

意味

訓読

⑨ 来歳知如何

意味

訓読

⑩ 不知南苑今何在

意味

訓読

第2章

1 漢詩の形式と一句の構成

ここから漢詩のルールについて学んでいきましょう。

紀元前の古代中国で生まれた漢詩という文学形式は、もともと比較的ゆるい規則が少々あるだけで、漢詩をどう作るかはおおむね作者の自由に任されていました。

それが唐代（六一八～九〇七年）に入ると様々なルールが導入され、唐代の半ば以降は皆が共通のルールを守りながら漢詩を作るようになりました。この新たなルールに則って作られる漢詩は「**近体詩**《きんたいし》」（近代的スタイルの詩）と呼ばれ、それまでのゆるいルールで作られた古い漢詩は「**古体詩**《こたいし》」（「古詩《こし》」とも）と呼ばれて区別されるようになったのです。

まず見た目上わかりやすいのは、一句の文字数、総句数の二方面に共通のルールが導入されたことです。

五字×四句 → 五言絶句《ごごんぜっく》　**七字×四句 → 七言絶句《しちごんぜっく》**
五字×八句 → 五言律詩《ごごんりっし》　**七字×八句 → 七言律詩《しちごんりっし》**

即ち一句の文字数は五字（五言）か七字（七言）に統一され、総句数では四句（絶句）か八句（律詩）に統一され、結果として右の四つのスタイルに絞られるようになりました。

ただし、共通ルールが導入された後も、中国の詩人達は依然としてルールに縛られない昔ながらの詩をも同時に作っていました。要は、絶句・律詩を作る場合は共通ルールを守るが、ルールに縛られたくなかったら古詩を作るという風に区分けされていったのです。

その一方で、近体詩・古体詩を問わず、昔から変わらなかった約束事もあります。それは一句の構成です。

五言の構成　□□‖□□□　例 春眠‖不覚暁
七言の構成　□□｜□□‖□□□　例 春宵｜一刻‖値千金

近体詩誕生以前の古い漢詩も、一句の文字数は主に五言か七言で作られていました。そして五言ならば〈二字＋三字〉の構成で、七言ならば〈四字＋三字〉の構成で作られ、さらに七言の上四字は〈二字＋二字〉の構成で作られ、これはそのまま近体詩にも踏襲されました。

例えば「昔、李白は酒を愛した」という意味の文を、「昔李白愛酒」という五言の詩句に仕立てたならば、たとえ漢文としては正しくとも、漢詩では近体・古体を問わずルール違反となります。五言では上二字と下三字の間に大きな切れ目があり、「昔李‖白愛酒」のように、この境界線を跨いで「李白」という語を当てはめることはできないからです。

このようなルールを踏まえて問題を解いてみましょう。

問題 1 次の七言句はどのような意味であり、どう訓読するのでしょうか。（解答は80ページ）

① 八月秋高風怒号

意味

訓読

② 故人家在桃花岸

意味

訓読

③ 東風不為吹愁去

意味

訓読

④ 欲作家書意万重

意味

訓読

問題 2 次のルール違反の七言句を、カッコ内の句意を参考にして正しい語順に改めてください。（解答は80ページ）

⑤ 但長江見送流水

（ただ長江が流水を送り続けるのを見るだけだ）

⑥ 玉碗盛琥珀光来

（玉の杯《さかずき》に琥珀《こはく》の光を放つ酒を盛って来る）

⑦ 古来皆聖賢寂寞

（昔からみな聖賢《せいけん》は寂しい思いをしている）

⑧ 一黄鶴去不復返

（一《ひと》たび黄色い鶴が去るや全く帰って来ない）

ヒント

◆ ⑤～⑧の句を〈二字―二字―三字〉で切れ目を入れて読んだ時におかしなところを探してみましょう。わからない字は辞書を引いて調べてください。

2 押韻(韻を踏む)・平仄

漢詩では句の末尾に韻を踏みます。「押韻《おういん》(=韻《いん》を踏《ふ》む)」とは、同じ音の響きを一定の位置に置くことであり、それによって耳に聞いて心地よいものにするのです。近体詩では次の原則が正統的なスタイルとして導入されました。

ア　偶数句の句末で押韻する
イ　七言詩では第一句にも押韻する
ウ　平声《ひょうせい》の韻目《いんもく》で押韻する

アとイは韻を踏む位置のルール、ウは同じ音のグループに属する漢字で韻を踏むというルールです。

このウについては、漢字音を便宜的にローマ字で表してみるとわかりやすいでしょう。漢字音は「声母《せいぼ》」と「韻母《いんぼ》」に分解されます。

	河	波	多
↑声母(音の頭の子音)	k	h	t
↑韻母(頭の子音《しいん》を取り除いた残りの部分)	a	a	a

右に挙げた「河」「波」「多」は韻母が〃a〃で共通しています。漢詩は、この韻母が共通した漢字で韻を踏んでいくのです。そしてその場合、それらの韻母の「声調《せいちょう》」も共通していることが条件となります。

「声調」とは一種のアクセントで、同音異義語が無数にある漢語において、それらの区別となるものです。古代漢語には次の四つの声調「四声《しせい》」がありました。

平声《ひょうせい》……低く平らに発声(「ひょうしょう」とも)
上声《じょうせい》……上り調子に発声
去声《きょせい》……下がり調子に発声
入声《にっしょう》……つまるように発声(促音《そくおん》)

古来中国では、同じ声調・同じ韻母の漢字群を「韻目《いんもく》」と呼ぶグループに分け、一〇六種類に整理してきました(次ページの「平水韻」を参照)。先に挙げた「河」「波」「多」はいずれも下平声第五番目の「歌韻」というグループの漢字です。漢詩の押韻は、**「平声」の同じ韻目に属する漢字どうしで韻を踏むのが正統的なスタイルなのです。**

この四声は、さらに平声とそれ以外(上声・去声・入声)とに大別されるようになりました。この平声以外の三つの声調を総称して「仄声《そくせい》」(「傾いた声」の意)と呼び、平声と仄声を合わせて「平仄《ひょうそく》」と呼びます。

平声……平らな声。○で表す。
仄声……傾いた声。上声・去声・入声の総称。●で表す。

なお、押韻する字は◎の記号で表します。これらを踏まえて押韻に関する問題を解いてみましょう。(26～27ページ)

七言絶句の場合の押韻

❖第一句・二句・四句の末尾で韻を踏む

❖「平声」の韻目で韻を踏む

□□□□□□◎
□□□□□□◎
□□□□□□□
□□□□□□◎

◎は押韻の記号。同じ音の響きを一定の位置に置いて、耳に聞いて心地よいものにする。原則として同一の韻目で押韻するが、二種類の韻目を用いることが許容される場合もある。↓34ページ「通韻《つういん》」

平仄・韻目の調べ方

漢和辞典での表示例（『新漢語林』の場合）

『新漢語林』では、それぞれの漢字が平水韻の一〇六の韻目のどれに当たるかを次のような記号で表す。□の中に韻目を表す文字を記し、四隅にある印で声調（四声）を表示。

□……平声　□……上声
□……去声　□……入声

□の左下の隅に印が付いていて、□の中の文字は「歌」。よって、「河」字は平声の歌韻であるとわかる。

5
【河】8画
6227
教5　カ　かわ
熟字訓　河岸《かし》・河原《かわら》
漢カ・呉ガ　歌　hé

参考 ◆専用の平仄辞典やインターネット上の検索サイトなどでも調べられますが、まずは漢和辞典で調べてみましょう。平仄や韻目を調べるついでに、その漢字がどういう意味をもっているか、どういう熟語で使われるかも確認してみてください。漢和辞典をこまめに引いて、漢文における漢字の用法に慣れ親しむことが、漢詩創作に役立っていきます。

「平水韻《へいすいいん》」による韻目

十三世紀に劉淵《りゅうえん》によって定められ、現代まで通用している韻の分類法。韻を一〇六種に分類する。それぞれの韻目には便宜的に番号が振られ、さらに平声の漢字は数が多いため前半と後半に分けて「上平声《じょうひょうせい》」「下平声《かひょうせい》」と呼ばれる（「じょうひょうしょう」「かひょうしょう」とも）。前ページに挙げた「河」「波」「多」は下平声第五番目の「歌韻」に属する。

表の　は正統的な近体詩の押韻に用いる。

平仄	平声		仄声		
四声	上平声	下平声	上声	去声	入声
1	東	先	董	送	屋
2	冬	蕭	腫	宋	沃
3	江	肴	講	絳	覚
4	支	豪	紙	寘	質
5	微	歌	尾	未	物
6	魚	麻	語	御	月
7	虞	陽	麌	遇	曷
8	斉	庚	薺	霽	黠
9	佳	青	蟹	泰	屑
10	灰	蒸	賄	卦	薬
11	真	尤	軫	隊	陌
12	文	侵	吻	震	錫
13	元	覃	阮	問	職
14	寒	塩	旱	願	緝
15	刪	咸	濟	翰	合
16			銑	諫	葉
17			篠	霰	洽
18			巧	嘯	
19			皓	効	
20			哿	号	
21			馬	箇	
22			養	禡	
23			梗	漾	
24			迥	敬	
25			有	径	
26			寝	宥	
27			感	沁	
28			琰	勘	
29			豏	豔	
30				陥	

問題 1　次の漢字の平仄を辞典などで調べ、平声ならば○を、仄声ならば●を記入してください。平声の場合は韻目（漢字一字）も記入してください。（解答は80ページ）

① 年［　　］韻目［　　］
② 歳［　　］韻目［　　］
③ 鳥［　　］韻目［　　］
④ 禽［　　］韻目［　　］
⑤ 徑［　　］韻目［　　］
⑥ 蹊［　　］韻目［　　］
⑦ 酌［　　］韻目［　　］
⑧ 斟［　　］韻目［　　］

⑨ 宴［　　］韻目［　　］
⑩ 筵［　　］韻目［　　］
⑪ 晴［　　］韻目［　　］
⑫ 霽［　　］韻目［　　］
⑬ 東［　　］韻目［　　］
⑭ 北［　　］韻目［　　］
⑮ 時［　　］韻目［　　］
⑯ 処［　　］韻目［　　］

ヒント
◆平仄・韻目の調べ方は25ページで確認しましょう。

問題 2　次の七言絶句の中から韻字（韻を踏んでいる字）を抜き出してください。そして辞典などでその韻目を調べて記入してください。（解答は81ページ）

① 玉関寄長安李主簿　盛唐・岑参《しんじん》

玉関《ぎょくかん》 長安の李主簿に寄《よ》す

東去長安万里余　東のかた長安を去ること万里余《ばんりよ》
故人何惜一行書　故人 何ぞ惜しむ 一行の書を
玉関西望堪腸断　玉関 西のかた望めば腸断に堪《た》えたり
況復明朝是歳除　況《いわん》や復《ま》た明朝は是れ歳除なるをや

韻字［　　］　韻目［　　］

② 金陵五題 其二烏衣巷　中唐・劉禹錫《りゅううしゃく》

朱雀橋辺野草花　朱雀橋辺《すざくきょうへん》 野草 花さき
烏衣巷口夕陽斜　烏衣巷口《うここう》 夕陽《せきよう》 斜めなり
旧時王謝堂前燕　旧時 王謝 堂前の燕《つばめ》
飛入尋常百姓家　飛び入《い》る 尋常 百姓《ひゃくせい》の家

韻字［　　］　韻目［　　］

③ 山居即事四首 其四　晩唐・呉融《ごゆう》

無隣無里不成村
水曲雲重掩石門
何用深求避秦客
吾家便是武陵源

隣《りん》無く里《り》無くして村を成さず
水曲《まが》り雲重《かさ》なりて石門《せきもん》を掩《おお》う
何ぞ用いん深く避秦《ひしん》の客を求むるを
吾が家は便《すなわ》ち是れ武陵源

韻字	韻目

④ 春夜　北宋・蘇軾《そしょく》

春宵一刻値千金
花有清香月有陰
歌管楼台声細細
鞦韆院落夜沈沈

春宵 一刻 値《あたい》 千金
花に清香有り 月に陰《いん》有り
歌管 楼台 声 細細《さいさい》
鞦韆《しゅうせん》 院落 夜 沈沈

韻字	韻目

⑤ 寒食五首 其四　南宋・呂本中《りょほんちゅう》

病夫只欲閉柴荊
客至従嗔不出迎
未恨家貧無暦日
紫桐花発即清明

病夫 只《た》だ柴荊《さいけい》を閉じんと欲す
客《かく》至るも嗔《いか》るに従《まか》せて出《い》でて迎えず
未だ恨みず 家 貧にして暦日《れきじつ》無きを
紫桐《しとう》の花発《ひら》けば即ち清明なり

韻字	韻目

ヒント

◆七言絶句ではどの箇所で韻を踏むのか、25ページで確認しましょう。

第2章

3 二四不同・二六対

次に一句内のルールを確認していきましょう。近体詩では前節で説明した平声《ひょうせい》と仄声《そくせい》とを詩の中にバランス良く配置するよう規定されました。漢詩は元来メロディーに乗せて歌われていた「ウタ」であり、「平らな声（平声）」と「傾いた声（仄声）」が交互に現れることによって、聴衆を飽きさせない効果を狙ったのです。「平声」対「仄声」（上声・去声・入声）では、数的に不均衡のように見えますが、漢字全体を眺めた場合、平声の漢字はそのほぼ半数を占めるので、これでバランスが取れるのです。

近体詩に導入された平仄《ひょうそく》配置の原則は、「**二四《にし》不同《ふどう》・二六対《にろくつい》**」というものです。

二四不同（五言）

1	1
2○	2●
3	3
4●	4○
5	5

二六対（七言）

1	1
2○	2●
3	3
4●	4○
5	5
6○	6●
7	7

右は、偶数番目の文字に○（平声）と●（仄声）が打たれていますね。ある句を作る場合、全ての漢字に縛りをかけては余りにも窮屈すぎるので、偶数番目の文字にのみ縛りをかけることにしたのです。即ち、**五言句では二字目と四字目の平仄を同じにしない、七言句では同様に二字目と四字目の平仄を同じにせず、かつ六字目は二字目と同じ（＝対）平仄にするのです。**絶句も律詩も、一詩を構成する全句にこの二四不同・二六対の原則が課されます。

例 今上●岳陽○楼　訓読 今上《のぼ》る岳陽楼《がくようろう》

これは杜甫《とほ》の「岳陽楼に登る」の第二句です。詩題では「登」の字を用いているのに、なぜここでは「上」の字が用いられたのかと言うと、四字目の「陽」は平声であり、二四不同の原則から二字目は仄声でなければならないのですが、「登」字は平声のため使えず、その代用としてほぼ同じ意味となる仄声の「上」字が使われたのです。

例 今来○古往●事茫○茫　訓読 今来古往《こんらいこおう》 事《こと》 茫茫たり

これは江戸・梁川星巌《やながわせいがん》の「芳野《よしの》懐古」の第一句です。上四字は「古今往来」が熟した言い方でしょう。ですが、「今」「来」はともに平声で、なおかつ六字目の「茫」も平声なので、「古今○往来○事茫○茫」とすると二六対とはなっても二四不同の原則から外れてしまうため、上四字を右のように入れ替えたのです。

このように、漢詩では平仄の制約によって代用字を用いたり、言葉を入れ替えたりすることもあるのです。

問題 次の七言句はある漢詩の一部を変更して、二・四・六字のうちの一字を〈二四不同・二六対〉の原則に違反させたものです。二・四・六字目の字の平仄を調べて○●を字の右側に記入しましょう。また、①〜④は違反している字を記入し、変更前の本来の字を推測してみましょう。⑤〜⑧はの部分の本来の字を推測しましょう。（解答は81ページ）

① 舟浮荷香柳影中

訓読 舟は浮かぶ荷香《かこう》柳影《りゅうえい》の中《うち》（舟は蓮の香りが漂う柳の木陰の中に浮かんでいる）

違反　本来

② 夜涼清如在氷壺

訓読 夜涼《やりょう》清きこと氷壺《ひょうこ》に在るが如《ごと》し（夜の涼しさは、まるで氷でできた壺の中にいるかのような清々《すがすが》しさだ）

違反　本来

③ 後人不知前賢意

訓読 後人《こうじん》は知らず前賢《ぜんけん》の意を（後世の人は昔の賢人の意図がわかっていない）

違反　本来

④ 去年辞巣別近隣

訓読 去年巣《す》を辞《じ》して近隣に別る（去年、燕《つばめ》は巣を離れて近隣の人に別れを告げた）

違反　本来

⑤ 時時往来住人間

訓読 時時《じじ》往来して人間《じんかん》に住《じゅう》す（山中と下界との間を往来して、時折、下界に住むこともある）

本来

⑥ 竹外桃花両三枝

訓読 竹外の桃花両三枝《りょうさんし》（竹藪《たけやぶ》の外に咲く桃の花の二、三の枝）

本来

⑦ 遥想兄弟行処楽

訓読 遥かに想う兄弟《けいてい》行く処楽しむを（遥か彼方の故郷では、我が兄弟達が出歩く先々でその都度楽しんでいると思われる）

本来

⑧ 東南戦争定何如

訓読 東南の戦争定めて何如《いかん》（東南の方角で行われている戦争の結末は果たしてどうなるだろうか）

本来

ヒント

◆違反している字がわかったら、その字（やその字を含む熟語）と同じ意味の字（や熟語）を漢和辞典や詩語集で調べ、適した平仄のものを探してみましょう。

4 反法・粘法と全体の平仄配置

前節で説明した一句内の平仄の規定に加えて、さらに一詩全体での平仄配置のルールがあります。「反法《はんぽう》」と「粘法《ねんぽう》」というルールです。なお漢詩の世界では、初学者はまず七言絶句から作り始めるのが正道とされているため、以降は七言絶句に絞って説明していきます。

反法　偶数番目の文字を前の句と反対の平仄にする
粘法　偶数番目の文字を前の句と同じ平仄にする

下の図を見てください。右側は第一句の二字目が平声である場合で、「**平起式**《ひょうきしき》」（「平起《ひょうお》こり」とも）と呼ぶ形です。左側は第一句の二字目が仄声である場合で、「**仄起式**《そっきしき》」（「仄起《そくお》こり」とも）と呼びます。

そしてこれらの第一句に対して、第二句（の偶数番目の文字。以下同）は「反法」で作ります（第一句と反対の平仄）。第三句は「粘法」で作ります（第二句と同じ平仄）。最後の第四句は再び「反法」を用います（第三句と反対の平仄）。つまり〈**反法→粘法→反法**〉と交互に手法を変えて句を作って行くのです。

このように七言絶句全体の平仄配置は、実は第一句（または第四句）の二字目が平声なのか仄声なのかによって決定されるわけです。

ところで、第三句には「粘法」の他にもう一つ注意する点があります。末字が●（仄声）になっている点です。七言絶句では第一・二・四句に平声の韻目で押韻（記号◎）するのが正統的スタイルですが、**韻を踏まない第三句の末字は、押韻句とのコントラストを際立たせるために、逆の仄声にしなければならないのです。**

このようなルールを踏まえて問題を解いてみましょう。

平起式

	1	2	3	4	5	6	7
第一句	1	2○	3	4●	5	6○	7◎
(反法)←第二句	1	2●	3	4○	5	6●	7◎
(粘法)←第三句	1	2●	3	4○	5	6●	7●
(反法)←第四句	1	2○	3	4●	5	6○	7◎

仄起式

	1	2	3	4	5	6	7
第一句	1	2●	3	4○	5	6●	7◎
(反法)←第二句	1	2○	3	4●	5	6○	7◎
(粘法)←第三句	1	2○	3	4●	5	6○	7●
(反法)←第四句	1	2●	3	4○	5	6●	7◎

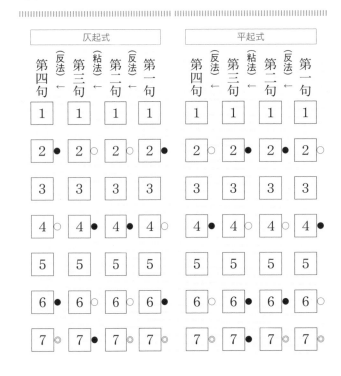

問題 1 次の七言絶句の平仄式（平起式か仄起式か）と韻目を調べてみましょう。また、二・四・六・七字目の平仄を調べて○●および◎（押韻）を字の右側に記入し、決められた平仄配置となっているか確認しましょう。（解答は81ページ）

① 早発白帝城 盛唐・李白

朝辞白帝彩雲間
千里江陵一日還
両岸猿声啼不住
軽舟已過万重山

朝《あした》に辞す 白帝 彩雲《さいうん》の間《かん》
千里の江陵《こうりょう》 一日《いちじつ》にして還《かえ》る
両岸の猿声《えんせい》 啼《な》きて住《や》まず
軽舟《けいしゅう》 已《すで》に過ぐ 万重《ばんちょう》の山

平仄式

韻目

② 楓橋夜泊 中唐・張継

月落烏啼霜満天
江楓漁火対愁眠
姑蘇城外寒山寺
夜半鐘声到客船

月落ち 烏《からす》啼きて 霜《しも》天に満つ
江楓《こうふう》漁火《ぎょか》 愁眠に対す
姑蘇《こそ》城外 寒山寺
夜半の鐘声《しょうせい》 客船《かくせん》に到る

平仄式

韻目

③ 泊秦淮 晩唐・杜牧

煙籠寒水月籠沙
夜泊秦淮近酒家
商女不知亡国恨
隔江猶唱後庭花

煙は寒水を籠《こ》めて 月は沙《すな》を籠む
夜 秦淮《しんわい》に泊して酒家《しゅか》に近し
商女は知らず亡国の恨みを
江《こう》を隔てて猶《な》お唱《うた》う後庭花《こうていか》

平仄式

韻目

問題 2 次の七言句はある七言絶句の第三句の句末（七字目）を変更して、平仄の規定に違反させたものです。変更前の、本来の句末を推測してみましょう。（解答は81ページ）

④ 緑陰深処聞啼禽

訓読 緑陰 深き処《ところ》 啼禽《ていきん》を聞く（緑の木陰が深い場所で鳴く鳥の声を耳にする）

本来

⑤ 常記早秋雷雨晴

訓読 常に記《き》す早秋 雷雨の晴るるを（常に記憶している。早秋の時節に雷雨が晴れた時のことを）

本来

ヒント

◆ ①〜③の「平仄式」は第一句の二字目の平仄で判断しましょう。
◆ ④⑤の「第三句の句末」は仄声でなくてはなりません。

第2章

5 禁忌事項——下三連・孤平・同字相犯・冒韻

ここからは禁忌事項（タブー）です。

下三連《かさんれん》 下三字を〈○○○〉（すべて平声）あるいは〈●●●〉（すべて仄声）としてはいけない。

これは五言・七言を問わず絶対にやってはいけません。〈○○○〉を平三連《ひょうさんれん》、〈●●●〉を仄三連《そくさんれん》と言います。

孤平《こひょう》 五言句の二文字目・七言句の四文字目が平声の場合、その前後を仄声にして〈●○●〉としてはいけない。

「孤平」を避けるには、前後どちらかを平声にして〈○○●〉・〈●○○〉・〈○○○〉としなければなりません。

この「下三連」「孤平」の禁のルールが加わると、七言絶句の平仄式はさらに下の図のように規定されます。（◐◑は、三字目・五字目のどちらかが仄声の場合の記号）

同字相犯《どうじそうはん》 一首の中で同じ字を二回使ってはいけない。

さして字数の多くない絶句や律詩では、様々な漢字を用いて、その詩で詠われる世界を最大限増幅することが期待されます。同じ漢字を何度も使用するとその分だけ幅を狭めることになるのです。ただし「悠悠《ゆうゆう》」など同じ字を重ねる「重言《ちょうげん》」や、「煙籠寒水月籠沙」（煙は寒水を籠《こ》め月は沙《すな》を籠む→31ページ③の第一句）のような上四字と下三字が同じ構造をとる「句中対《くちゅうつい》」の場合は除外されます。

冒韻《ぼういん》 押韻箇所以外に、その押韻の韻目に属する字を使ってはいけない。

「冒韻」とは「韻を冒《おか》す」の意です。他の箇所にさらに同じ響きの漢字を使うと、響き合いの効果を薄めてしまうことになるからです。ただし、絶句の後半（第三句・第四句）では許容される場合もあります。

平起式

	第一句	（反法）← 第二句	（粘法）← 第三句	（反法）← 第四句
1				
2	○	●	●	○
3		◐		
4	●	○	○	●
5	●	◑	○	●
6	○	●	●	○
7	◎	◎	●	◎

仄起式

	第一句	（反法）← 第二句	（粘法）← 第三句	（反法）← 第四句
1				
2	●	○	○	●
3	◐			◐
4	○	●	●	○
5	◑	●		◑
6	●	○	○	●
7	◎	◎	●	◎

問題 次の七言絶句には、近体詩の規則に合致しない、あるいは禁忌事項を犯している部分があります。全ての字の平仄を調べて○●および◎（押韻）を字の右側に記入し、どのような点に不具合があるのかを指摘してみましょう。
（解答は81～82ページ）

①送元二使安西　盛唐・王維

渭城朝雨浥軽塵　渭城《いじょう》の朝雨 軽塵《けいじん》を浥《うるお》す
客舎青青柳色新　客舎《かくしゃ》青青《せいせい》柳色 新たなり
勧君更尽一杯酒　君に勧む 更に尽くせ 一杯の酒
西出陽関無故人　西のかた陽関を出《い》ずれば故人無からん

不具合

②秋思　中唐・張籍

洛陽城裏見秋風　洛陽城裏 秋風《しゅうふう》を見る
欲作家書意万重　家書を作らんと欲して 意 万重《ばんちょう》
復恐匆匆説不尽　復《ま》た恐る 匆匆《そうそう》 説き尽くさざるを
行人臨発又開封　行人 発するに臨みて又《ま》た封を開く

不具合

参考
◆中国の詩人たちの作品であっても、必ずルール通りに作られているとは限りません。しかし、これから漢詩創作を学ぼうという人は、まずは正統的な形で作ることが大切です。

③江南春　晩唐・杜牧

千里鶯啼緑映紅　千里 鶯《うぐいす》 啼《な》きて 緑 紅《くれない》に映ず
水村山郭酒旗風　水村 山郭《さんかく》 酒旗の風
南朝四百八十寺　南朝 四百《しひゃく》八十寺
多少楼台煙雨中　多少の楼台 煙雨の中《うち》

不具合

④夜雨寄北　晩唐・李商隠

君問帰期未有期　君 帰期を問うも未《いま》だ期有らず
巴山夜雨漲秋池　巴山《はざん》の夜雨 秋池《しゅうち》に漲《みなぎ》る
何当共剪西窓燭　何《いつ》か当《まさ》に共に西窓の燭《しょく》を剪《き》り
却話巴山夜雨時　却《かえ》って巴山 夜雨の時を話《わ》すべき

不具合

⑤居洛初夏作　北宋・司馬光

四月清和雨乍晴　四月 清和 雨 乍《たちま》ち晴る
南山当戸転分明　南山 戸《こ》に当《あた》りて転《うた》た分明なり
更無柳絮随風起　更に柳絮《りゅうじょ》の風に随《したが》いて起こる無く
惟有葵花向日傾　惟《た》だ葵花《きか》の日に向いて傾く有るのみ

不具合

第2章

6 例外規則──通韻・挟み平

最後に、これまでに述べた原則からは外れるものの、例外規則として許容される「通韻《つういん》」（通押《つうおう》）と「挟み平《はさみひょう》」（挟平《きょうへい》格）を紹介します。

通韻　押韻の際に発音の似通った二種類の韻目（AとB）を用いてもよい。その場合、〈第一句－第二句－第四句〉を〈A－B－B〉の形で押韻し、偶数句末は必ず同一韻目にする。

唐の方干《ほうかん》の「江南を思う」詩で見てみましょう。

昨●日●草●枯○今○日●青◎
羈○人○又●動●望●郷○情◎
夜●来○有●夢●登○帰○路●
不●到●桐○廬○已●及●明◎

昨日《さくじつ》 草 枯れしも 今日《こんにち》 青《あお》し
羈人《きじん》 又た動かす 望郷の情
夜来 夢有りて 帰路《きろ》に登るも
桐廬《とうろ》に到らず 已《すで》に明に及ぶ

この七言絶句は、「青」（セイ・ショウ）・「情」（ジョウ）・「明」（メイ・ミョウ）で韻を踏んでいますが、第一句末の「青」は下平声第九番目の青韻、偶数句末の「情」と「明」は下平声第八番目の庚韻に属するもので、韻目が異なります。しかし唐代の発音では、庚韻・青韻に属する漢字は似通った発音をしていたので、平水韻（25ページ）で韻目が違っていたとしても、押韻していると見なされるのです。通韻が許容される韻目の組み合わせは、「東・冬」「支・微」「魚・虞」「寒・刪」「刪・先」「蕭・肴・豪」「歌・麻」「庚・青」などがあります。

挟み平　韻を踏まない句の下三字を〈●〇●〉の平仄配置にして、〈〇●●〉の代用としてもよい。

一例として、北宋の蘇軾《そしょく》の「六月二十七日望湖楼にて酔書する五絶」其の一を挙げましょう。

黒●雲○翻○墨●未●遮○山◎
白●雨●跳○珠○乱●入●船◎
巻●地●風○来○忽●吹○散●
望●湖○楼○下●水●如○天◎

黒雲《こくうん》 墨を翻《ひるがえ》して未だ山を遮《さえぎ》らず
白雨 珠《たま》を跳《は》ねて乱れて船に入《い》る
地を巻き 風 来たりて忽《たちま》ち吹き散ず
望湖楼下 水 天の如し

この七言絶句は、第一句二文字目に平声を用いる「平起式」のスタイルです。そして第三句の下三字は〈●○○〉となっており、〈二六対〉（二字目と六字目の平仄が同一）となっていないように見えますが、これは〈〇●●〉の代用と見なされるので、〈二六対〉と同然と見なされ、平仄の問題は無いのです。この「挟み平」の手法が使えるのは、七言絶句では右のような〈平起式〉のみですから覚えておきましょう。なおこの詩は、「山」（上平声第十五番目の刪韻）と「船」「天」（下平声第一番目の先韻）で押韻しており、先に述べた「通韻」の手法が用いられています。

問題 次の七言絶句には挟み平または通韻（あるいはその両方）が用いられています。全ての字の平仄を調べて○●および◎（押韻）を字の右側に記入し、挟み平の場合は該当する三文字を、通韻の場合はその韻字と韻目を記入してください。（解答は82ページ）

① 峨眉山月歌　盛唐・李白

峨眉山月半輪秋
影入平羌江水流
夜発清渓向三峡
思君不見下渝州

峨眉山月《がびさんげつ》 半輪の秋
影は平羌《へいきょう》 江水に入《い》りて流る
夜 清渓を発して三峡に向かう
君を思えども見ず 渝州《ゆしゅう》に下《くだ》る

挟み平

通韻

② 清明　晩唐・杜牧

清明時節雨紛紛
路上行人欲断魂
借問酒家何処有
牧童遥指杏花村

清明の時節 雨 紛紛《ふんぷん》
路上の行人 魂《こん》を断《た》たんと欲す
借問《しゃもん》す 酒家 何《いず》れの処《ところ》にか有ると
牧童 遥かに指す 杏花村《きょうかそん》

挟み平

通韻

③ 金谷園　晩唐・杜牧

繁華事散逐香塵
流水無情草自春
日暮東風怨啼鳥
落花猶似堕楼人

繁華の事 散じて 香塵《こうじん》を逐《お》う
流水 無情にして 草 自《おのずか》ら春なり
日暮 東風《とうふう》 啼鳥《ていちょう》 怨む
落花 猶《な》お似たり 楼より堕《お》つる人に

挟み平

通韻

④ 西林壁　北宋・蘇軾

横看成嶺側成峰
遠近高低不総同
不識廬山真面目
只縁身在此山中

横《よこざま》に看れば嶺《れい》と成り側には峰《ほう》と成る
遠近 高低 総《すべ》て同じからず
廬山の真面目《しんめんもく》を識《し》らざるは
只《た》だ身の此の山中に在るに縁《よ》るのみ

挟み平

通韻

⑤ 次韻択之懐張敬夫　南宋・朱熹

択之《たくし》の張敬夫を懐《おも》うに次韻す

往時聯騎向衡山
同賦新詩各拠鞍
此夜相思一杯酒
回頭猶記雪漫漫

往時 騎を聯《つら》ねて衡山《こうざん》に向かう
同《とも》に新詩を賦《ふ》して各《おの》おの鞍《くら》に拠《よ》る
此の夜 相《あ》い思う 一杯の酒を
頭《こうべ》を回《めぐら》せば猶お記《き》す 雪の漫漫なるを

挟み平

通韻

第3章

1 まず一句作ってみる

漢文のルールと漢詩のルールの基本を学んだら、いよいよ実際に自分で漢詩を作ってみましょう。

しかしいざ漢詩を作ろうとしても、近体詩の四つの詩型のうちどれで作ればよいのか悩むでしょうし、最低でも四句そろえなければならず、完成までには道のりが長そうに思えるでしょう。さらに、そもそも何を詠《うた》えばよいのか、なかなか思いつかないのではないでしょうか。

たしかに漢詩を一首作るのは最初は少々骨が折れますが、まずはその第一歩を踏み出してみましょう。即ち、とりあえず一句を作ってみるのです。

漢詩初心者にとって最も作りやすい詩型は七言絶句です。一見、文字数の最も少ない五言絶句（全二十字）が作りやすいと思われがちですが、逆に最も少ない文字数だからこそ、無駄なものをどんどん削《そ》ぎ落として各字に様々なエッセンスを詰め込み、用意周到に作ることが求められるものであり、最も作るのが難しいとされているのです。七言絶句くらいの文字数（全二十八字）が、短くもなく長くもなく、漢詩初心者にうってつけの詩型と言えます。まずは七言の一句を作ることから始めましょう。

次に何を詠うかですが、何でもいいから詠《よ》んでみろと言われると、かえって途方に暮れてしまいます。そこで重宝されるのが「題詠《だいえい》」というものです。**「題詠」とは、何らかの詩題（テーマ）に沿って詩を詠ずることで、**テーマが与えられれば初心者でも自《おの》ずと様々な発想が生まれてくるものです。日本人は季節の移り変わりに敏感ですから、まずは、毎日の生活の中で感得したその季節ならではのことを詠ってみるのがよいと思います。60ページの「漢詩歳時記②」では、時節に合った詩題を掲げていますので、その中から一つ選んでみてください（原則として旧暦に則って詠ずることに留意してください）。

そして、選んだ詩題に即した七言一句を何でもよいから作ってみましょう。その際、第2章で述べたような「漢文のルール」に即して漢字を並べるのはもちろんですが（平仄は後回し）、**その任意に作った句の末尾の漢字が平声の字なのか仄声の字なのかを調べてください。**

七言絶句では全四句のうち、第一・二・四句の末字に平声で韻を踏み、韻を踏まない第三句は末字を仄声にしなくてはなりません。仮に任意に作った句の末字が仄声ならば、韻を踏まない第三句の候補になります。末字が平声ならば、韻を踏むことを目指してその漢字の韻目を調べましょう。そして64ページに掲載した「韻字一覧」で同じ韻目の他の漢字をざっと眺めてください。その中から二字をピックアップし、それらを末字に用いて、あと二句を作るのを目指すのです。これらを踏まえて問題を解いてみましょう。

問題 次の詩題で①～⑮の事柄を詠む際に、どう七言句に仕立てればよいでしょうか。平仄のルールは気にせず作ってみましょう。七言句ができたら、各字の平仄を調べて○●を字の右側に記入しましょう。（解答は82ページ）

海上迎春《かいじょうげいしゅん》（海辺で春を迎える）

① 歳《とし》の暮れに海辺の旅館に投宿した。

② 潮の音が夜中にずっと枕辺《まくらべ》に聞こえた。

③ 夜明け前に砂浜に座って初日の出を待つ。

④ 真っ赤な朝日が波を染めて水平線から昇って来た。

⑤ 太陽は水に洗われたように清らかで心も清々《すがすが》しい。

田舎紅桃《でんしゃこうとう》（田園地帯の赤い桃の花）

⑥ 旧暦三月の初めに田園地帯を訪れた。

⑦ 風は暖かく、山鳥が艶《なま》めかしい声を送り届ける。

⑧ 一望すれば赤い桃の花が山野に満ち溢《あふ》れている。

⑨ 花の香りに誘われて蝶や蜂がせわしく飛んでいる。

⑩ 桃源郷に迷い込んだのかとふと疑ってしまう。

船上納涼《せんじょうのうりょう》（船に乗って涼を求め夏の暑さをしのぐ）

⑪ 夏の盛り、町中は蒸籠《せいろう》の中にいるかの如く蒸し暑い。

⑫ 休みの日に暫《しば》く船の上に涼を追い求めた。

⑬ 川の風は爽快《そうかい》で団扇《うちわ》を仰ぐ必要も無い。

⑭ 楽しい船遊びはいつしか宵《よい》の口を迎えた。

⑮ お陰で橋の上に上がる花火を鑑賞できた。

2 結句から作る・全体の平仄配置を決める

さて、実際に七言絶句を作るに当たって留意してほしいのが各句の構成・働き、即ち「起《き》・承《しょう》・転《てん》・結《けつ》」です。

起句（第一句）　詠い起こし
承句（第二句）　前の句を承《う》けて更に発展
転句（第三句）　詠《うた》う方向を大きく転換させ
結句（第四句）　オチをつけて全体を結ぶ

まず**起句**では、あるテーマやモチーフに沿って詠い起こします。何を詠おうとするのか、詩の読み手に最初に伝えるのです。次の**承句**では、そのまま起句で詠ったことを敷《ふ》衍《えん》して、すんなりその延長線上のことを詠っていきます。

対して**転句**では、文字通り転換を図ります。詠う方向や視点をがらっと変えるのです。ここまで読み進めると読者は一瞬戸惑います。その時に生じる一種の緊張感が、最後のオチへの布石となるのです。そして最後の**結句**では、まずは転句で設定された方向転換のオチをつけるように、同時に詩の全体を総括するように結びます。

そしてこの四句のうち、最も重要なのが結句なのです。文章は頭から書いていくものというのが世間の常識かもしれませんが、こと文芸作品に関しては様相が異なります。例えば小説家が小説を書く場合、いつ、どこで、誰が、何をしたという話の発端のみをまず構想し、後は筆の進むに任せて書いていって最後に結末を考える、という手法を用いる人はほんのわずかでしょう。大抵は、読者の感動を呼ぶ、ともすれば読者の度肝を抜くような結末をあらかじめ用意して、その結末に向かうように作品を書いていくものです。

漢詩もその「文芸」（文の芸術）の一つであって、話のオチに当たる結句があらかじめ構想されていなければ、読者の感動・共感は得られません。唐の李白や杜牧《とぼく》が七言絶句の名手と評されるのも、その作品の多くが感動的な結句になっているからなのです。

それ故、**まず作るべきは結句であり、次にそれを導き出す転句を作り、最後に詩の前半（起句・承句）を作る**という風に、詩の最後から順に一句ずつ遡《さかのぼ》るように作っていくのが最良の方法と言えましょう。

もし良い句を思いついて、末字が平声ならば、まずそれを結句に据えましょう。そして、ここで初めて平仄、即ち「二四不同・二六対」（28ページ）を整えます。平仄の整った結句がまず出来あがることで、七言絶句全体の平仄配置が決まります。結句と起句の平仄配置は基本的に同じになるので、二字目が平声ならば平起式、仄声ならば仄起式となるのです（30ページ）。

これらを踏まえて問題を解いてみましょう。

問題 ①～④の詩題で七言絶句を作る際に、結句として最もインパクトがあると目されるものはア～カのうちのどれでしょうか。また、それをどのように平仄を整えて七言一句に仕立てればよいでしょうか。作った七言句の右側に○●◎も記入しましょう。（解答は82～84ページ）

①花下芳筵《かかほうえん》（桜の花の下で行われる香《かぐ》わしい宴会）

ア 晩春三月になって桜の花が満開となった。
イ 街中を一望すればどこも桜の花が溢《あふ》れている。
ウ 人々はみな堤《つつみ》の上の桜の下で宴会を開いている。
エ 花片《はなびら》が杯に落ちて酒はますます香り高くなる。
オ 今日は特に多くの人が泥酔《でいすい》して酔い潰れている。
カ 宴会は夜まで続き、朧月《おぼろづき》が昇る。

□　［　］［　］［　］［　］［　］［　］［　］

②梅天閑詠《ばいてんかんえい》（梅雨の時節の暇《ひま》に任せた吟詠）

ア 窓の外は連日雨が濛濛《もうもう》と降り続いている。
イ 黒い雲が空を覆《おお》い、気分が落ち込む。
ウ 枇杷《びわ》の黄色い実と紫陽花《あじさい》の花だけが目を喜ばせる。
エ 憂さ晴らしに家の中で酒を酌《く》む。
オ 梅雨が明けた途端に蟬《せみ》の声を聞いた。
カ そこで初めて本格的な暑い夏の到来を知った。

□　［　］［　］［　］［　］［　］［　］［　］

③中秋望月《ちゅうしゅうぼうげつ》（旧暦八月十五日に中秋の明月を眺める）

ア 今宵《こよい》はちょうど十五夜だ。
イ 酒を酌みつつ月が昇って来るのを暫《しばら》く待つ。
ウ 空の風が雲を吹き払い中秋の明月が耀《かがや》き始めた。
エ お盆のように円円《まるまる》とした満月だ。
オ 清らかな月の光は遥かかなたまで満ち溢れている。
カ 千里離れた故郷の友もこの明月を見ているはずだ。

□　［　］［　］［　］［　］［　］［　］［　］

④寒谷探梅《かんこくたんばい》（寒々しい谷間に梅の花を探す）

ア 早春の時節に山中に入って行った。
イ 谷間はまだ寒く風が肌に沁《し》みる。
ウ 同時に身に纏《まと》った下界の塵《ちり》も洗い流してくれる。
エ 山中には人気《ひとけ》が無く道に迷いそうになる。
オ 薄暗い谷間に梅の香りが漂い、私を案内してくれる。
カ ようやく美しい梅の林に辿《たど》り着いた。

□　［　］［　］［　］［　］［　］［　］［　］

ヒント

◆七言絶句の結句の平仄は次のいずれかになります（△は、○●どちらでも可）。〈△○△●●○◎〉、〈△●○○●●◎〉、〈△●○○○●◎〉、〈△●●○○●◎〉。→74ページ「七言絶句の平仄式」

3 転句を作り、最後に起句・承句を作る

結句がまず出来あがり、全体の平仄配置が決まったならば、次に転句を作ります。先に述べたように、転句は結句を導き出す一種の引《ひ》き鉄《がね》のようなものであって、この転・結の結びつきは相当に重要です。

そして最後に作るのが詩の前半、即ち起句・承句です。この作る順番はどちらが先でも構いません。重要なのは、**絶句において起句・承句は、結句のための舞台設定（お膳立て）に過ぎず、ここにあまり力を入れ過ぎないことです。**最も無難なのは、周辺の風景を詠って結句のための雰囲気作りをすることです。

ここで題詠のコツの一つを伝授します。例えば「秋夜観星」（秋の夜に星を観察する）という詩題で絶句を作るとしたならば、メインとなる「星」は是非とも詩の後半で詠うべきであり、詩の前半で「星」を詠うことは極力避けるべきなのです。筆者(後藤)の作品で具体的に説明しましょう。

秋夜観星

旻○天○岑○寂●已●悲○愁◎
群○鵲●散●飛○煙○靄●浮◎
疑○是●機○辺○女●零○涙●
明○河○東○畔●数●星○流◎

秋夜 星を観る

旻天《びんてん》 岑寂《しんせき》として已《すで》に悲愁なり
群鵲《ぐんじゃく》 散じ飛びて 煙靄《えんあい》 浮かぶ
疑うらくは是れ機辺《きへん》 女 涙を零《こぼ》すかと
明河《めいか》の東畔《とうはん》 数星 流る

詩意　空はひっそりとしていて、すでに物悲しい秋の季節となった。七夕の夜に橋を作った鵲《かささぎ》の群れも散り散りに飛び去って、今では薄靄《うすもや》が浮かぶだけ。もしかしたら織姫が機《はた》に凭《もた》れて涙をこぼしているのだろうか。銀河の東側に幾つか星が流れた。

この詩題を見て、まず私は秋の夜空の流れ星を想像しました。しかしそれを詩の前半には詠いません。詩題のメインである秋の夜の流れ星を印象づけるために、結句に持っていったのです。そしてその流れ星を、七夕の後に再び彦星と離れ離れとなってしまった織姫の涙に見立て、それを転句に据えました。これで、転句と結句との自然な結びつきが出来あがったと思われます。

では、詩の前半では何を詠うのかと言うと、その織姫の悲哀を象徴するような情景や雰囲気です。転句の次に作ったのは承句であり、七夕の夜に彦星と会うために渡った鵲の橋がもうすでに無いことを詠い、織姫の悲しみを匂わせるための舞台設定をしたのです。

そして最後に作ったのが起句です。これは相当悩みましたが、やはりここはお膳立てとして、星が流れる秋の空と、その秋の静寂に包まれたもの悲しさを詠ったのです。

このように、**一番詠いたいもの、あるいは最も読者に訴えかけたいものは結句に据え、詩の前半はその舞台設定に徹するのです。**肝心なものは最後に取っておきましょう。

問題 ①～④の詩題で作られた結句または転句・結句に対して、ふさわしい転句または起句や承句を考えましょう。作った句の右側に○●も記入しましょう。（解答は84～85ページ）

① 月下《げっか》探梅《たんばい》（月明かりの下で梅の花を探す）

□□□□□□□（転句）

探△訪●梅○林○不●復●迷◎（結句）

② 北窓《ほくそう》午睡《ごすい》（北側の窓辺での昼寝）

□□□□□□□（転句）

簷○陰○濃○処●起●微○風◎（結句）

ヒント

◆結句の二字目の平仄により、①③④は仄起式、②は平起式で各句を考えましょう。→74ページ「七言絶句の平仄式」

◆①の結句は「梅林を探すのに全く迷わなかった」の意。39ページの④に掲げたものが参考となります。

◆②は「家の屋根が濃い影を作る所に微かな風が起こるからだ」の意。詩題との関連性が強いので詩題を詠み込みましょう。

◆③の転・結句は「晩秋の時節なのになぜ風が暖かいのだろうと、ふと疑ってしまった。それは太陽が楓《かえで》の林を真っ赤に照らして、まるで山全体が燃え上がろうとしているように見えるからだ」の意。韻目は「先」韻。詩の後半を活かすのならば承句は天気が良いことを詠いたいので、韻字は「天」で作ってみてください。良い天気なので山歩きの足取りも軽やかとなるはずです。

◆④の転・結句は「白い煙が上る所に多くの子供達が集まって来た。焚き火の火は霜焼けでひび割れた手を癒《い》やし、焼き芋の良い香りは子供達の顔を綻《ほころ》ばせる」の意。韻目は「删」韻。起句の韻字は「山」、承句の韻字は「間」で作ってみてください。話の流れを考えるならば、まず落ち葉を掃き、集めて積み上げ、そこにサツマイモを投入、庭の中で焚き火をする、となるはずです。

③ 秋晩観楓《しゅうばんかんぷう》（晩秋の時節に紅葉狩りをする）

□□□□□□天◎（承句）

忽●疑○秋○晩●風○何○暖●（転句）

紅○日●照●楓○山○欲●燃◎（結句）

④ 寒庭煨芋《かんていわいう》（冬の寒い庭で芋を焼く）

□□□□□□山◎（起句）

□□□□□□間◎（承句）

白●煙○昇○処●群○童○集●（転句）

火●療●手●亀○香○解●顔◎（結句）

4 全体を通読して推敲する

何とか四句そろって七言絶句が出来あがったならば、最後に今一度全体を通読して、おかしい点がないか確かめ、よりよい詩にしましょう（＝推敲《すいこう》）。まず確認するのは平仄です。各句がちゃんと二四不同・二六対になっているか、禁忌事項を犯していないかなどを74ページも参照してチェックしてください。特に**孤平《こひょう》**（32ページ）は見落としがちとなるので、再確認しましょう。

同じ字を複数回使っていないかも確認します。また、たとえ同じ字を繰り返し使っていなくとも、**同類の語が重複していないか**確認してください。例えばある句で「山」字を使っていながら、別の句で「峰」字を使うのは好ましくありません。「峰」も山の一種であり、文字数の限られる七言絶句では、意味的に重複しているものはどちらかを捨てねばなりません。

さらに、**全体が一つの詩的世界にまとまるようにする**ことも心がけましょう。七言絶句の中に様々な語を多彩に散りばめることは良いことですが、あれも詠いたい、これも詠いたいと詰め込み過ぎるのも良くないのです。これらのことは『石川忠久　漢詩の稽古』（石川忠久 著）でも指摘されていますので、できればそちらもご参照ください。

ここで筆者（後藤）による自作漢詩の推敲の例を紹介しましょう（右の本にも掲載。詩意はそちらを参照ください）。

山中訪隠

終夜尽歓成別離
隔溪脈脈送行時
一年一度鷗盟会
恰似牽牛織女期

山中《さんちゅう》に隠《いん》を訪《たず》ぬ

終夜《しゅうや》歓《かん》を尽《つ》くして 別離と成《な》り
渓《けい》を隔《へだ》てて脈脈《みゃくみゃく》 行《ゆ》くを送るの時
一年《いちねん》一度《いちど》 鷗盟《おうめい》の会《かい》
恰《あた》かも似たり 牽牛《けんぎゅう》 織女《しょくじょ》の期《き》

当初私は右のように作ったのですが、改めて詩の全体を眺め渡した時、どうも転句の「鷗盟」の語が浮いてしまっているように思えました。この詩は、年に一度の友との邂《かい》逅《こう》を織姫と彦星の逢い引きになぞらえているのだから、終始、七夕の情景にしつらえるべきです。この時、ふと思いついたのが、我々の訪問は大体お盆の時期であり、旧暦で言えば秋の初め。七月七日も旧暦では秋の初めなのだから、「鷗盟の会」を「早秋の会」にすれば良いのだ、ということです。それ故、転句の「鷗盟」を「早秋」に改めました。（なお転句の「一」字の重複は、句中対に類するものとして許容されます）

このように最後の推敲は重要です。北宋の欧陽脩《おうようしゅう》は、作文の上達法として「三多」ということを挙げました。それは「看多《かんた》（看《み》ること多し）」「做多《さた》（做《つく》ること多し）」「商量多《しょうりょうた》（商量すること多し。あれやこれやと思案して推敲する）」ということです。漢詩創作も、「**多読**」「**多作**」「**多商量**」（たくさん古人の漢詩を読み、自分でたくさん漢詩を作り、そして作った漢詩は何度も推敲する）が究極の作詩上達法なのです。

問題 次の詩題で作られた七言絶句を通読し、推敲《すいこう》を試みましょう。どの句をどう直せば良いのかも考えてみて、その理由と推敲案を書いてください。（解答は85ページ）

花下芳筵

三○月●桜○花○満●四●方◎
長○堤○到●処●綺●筵○張◎
莫●笑●此●日●多○泥○酔●
花○落●杯○中○酒●益●香◎

花下《かか》の芳筵《ほうえん》

三月 桜花 四方に満つ
長堤 到る処 綺筵《きえん》 張る
笑う莫《なか》れ 此の日多く泥酔するを
花は杯中に落ちて 酒 益《ます》ます香《かんば》し

詩意 晩春三月に桜の花が四方に満ち溢れるようになった。川辺の長い堤の上では至る所で華やかな花見の宴が張られている。この日たくさんの人が泥酔しているのを笑ってはいけない。花びらが杯に落ちて酒がますます香り高くなるからだ。［下平第七・陽韻］

推敲①

推敲②

推敲③

雨後蟬声

七●月●南○風○報●断●梅◎
黒●雲○已●散●青○空○開◎
忽●聞○雨●後●蟬○声○起●
始●識●炎○炎○盛●夏●来◎

雨後の蟬声《せんせい》

七月 南風 断梅を報ず
黒雲《こくうん》 已《すで》に散じて青空《せいくう》 開く
忽《たちま》ち聞く 雨後 蟬声の起こるを
始めて識《し》る 炎炎たる盛夏の来たるを

詩意 七月になると暖かな南風が梅雨が明けたことを知らせた。黒い雨雲はすでに無くなり、青空が眼前に開けた。その時、梅雨明けの後に蟬の声が湧き起こるのをふと耳にした。そこで初めて燃えるように暑い夏の盛りの到来を知った。［上平第十・灰韻］

推敲④

推敲⑤

推敲⑥

第4章　詩語集を使って一首作ってみよう

この章では『漢詩創作のための詩語集』(以下『詩語集』と表記)や本書第6章の資料を活用して実際に一首作る行程を紹介します。皆さんが初めて一首作る時の参考にしてください。なお( )で示したページは本書内の関連ページ、↓図は49ページの図版です。適宜参照してください。

1 「題詠詩題一覧」から詩題を選び、詩の内容を考える

最初は与えられた題に合わせて作る「題詠《だいえい》」が手軽な練習になります(36ページ)。詩会や漢詩のコンテストでも課題として詩題が指定されている場合が多いので、詩題に沿って詠む練習をするのが上達への近道です。まずは『詩語集』の「題詠詩題一覧」(↓図1)に掲載されている五百余りの詩題の中から選んでみましょう。本書の「漢詩歳時記②」(60ページ)から選んでも構いません。今回は「塞外《さいがい》観星」という詩題にチャレンジしてみましょう。

詩題を決めたら、連想ゲームのように詩の内容を考えていきます。「題詠詩題一覧」ではこの詩題を九月の詩題として挙げていますが、特定の季節を表す題とは言えないため、とりあえず季節にこだわらずに考えることにします。

まず「塞外(とりでの外)」とは、都から遠く離れた辺境の地のこと。中国の漢詩には「辺塞《へんさい》詩」というテーマがあり、辺境すなわち北方遊牧民と国境を接する地域や敦煌《とんこう》などの西域の地が詠われてきました。人っ子一人いない荒野に身を置いた時、自分ならどのような心境になるか、と考えてみます。

次に「観星(星を観察する)」は、漠然と星空を眺める場合と、天の川や北斗七星などの特定の星をじっくり見る場合とが考えられます。星空のイメージが湧かなければ、インターネットで星空の画像や動画を検索してもよいでしょう。今回は「日本を離れて長く中央アジアの地に暮らす最中に見た星空」という設定を思いつきました。内陸部の乾燥地帯では、海に囲まれて多湿な島国・日本とは星の見え方も異なる上に、無人の荒野と人工的な明かりの都市部という対比もおもしろそうです。このような連想ゲームから「辺境の地で満天の星をみての望郷詩(故郷を思う詩)」という大まかな詩の流れに決めました。

2 「分類一覧」を手掛かりにして結句を作る

詩の大まかな流れを決めたら、まずは結句に取り掛かります。その詩において最も詠いたいことや読者に訴えかけたいことを述べる句になるように目指します(38ページ)。『詩語集』の「分類一覧」(↓図2)で旅行や故郷に関連する分類を探してみると、「人事」の部に「寓居《ぐうきょ》・望郷」という分類が見つかりました。そこでこの分類のページに飛

んで望郷に関する三文字の詩語を探していくと、「望郷心[侵]」「故園情[庚]」「憶故園[元]」「故国情[庚]」「望故郷[陽]」などが目に留まりました（→図3）。この三文字の詩語のどれを結句の下三字に選ぶかで一詩全体の韻目と平仄配置が決まるため、どの詩語が作りやすいかを吟味します。同じ「故郷を思う心」を意味する詩語でも、「故園情[庚]」を採用すると平起式に、「故国情[庚]」を採用すると仄起式になり、一詩全体の平仄が違ってきます（30ページの平仄の図を参照）。けれども、この時点では最終的にどちらの平仄式で作っていくかわからないため（途中でうまく作り切れない場合もあるため）、両方とも手元のノートなどに書き連ねて、どちらにも対応できるようにしておきましょう。

今回は「故園情」を使うことにしました。これによって、この詩が下平声第八の庚韻で押韻する平起式の詩になることが決まり、全体の平仄は74〜75ページの①〜⑥のいずれかになることを確認しました。

次に「故園情」の上四文字を考えます。『詩語集』の「雑」の部の「存在の虚辞」という分類にある「唯有（ただ〜だけがある）」なども目に留まりましたが、もう少し動きがほしいと思い、「心情・思慮全般」の分類の詩語から「惹起（ある感情を引き起こす）」を選んでみました。さらに、星空の見える時間帯は夜なので、「夜・夜中」の分類から二字の詩語を物色してみます。「深夜」は平仄が合わないし、「清宵」や「深更」は、「清」字と「更」字が庚韻に属しているので冒韻（32ページ）となってしまいます。『詩語集』または本書65ページの「韻字一覧」で庚韻の欄を見ると、庚韻である主な字を確認できます（→図4）。そこで「深夜」と同じ語義で平仄違いの「深宵」を採用しました。こうして、

深宵惹起故園情　深宵《しんしょう》　惹起《じゃっき》す　故園《こえん》の情《じょう》

という一句が出来上がりました。

3　転句を作る

続いて転句に取り掛かります。転句は結句を導き出すように作る必要があるため（38ページ）、ここでは望郷の念が湧きおこるきっかけを詠いたいところです。現代の日本では電話やメールで簡単に連絡を取り合えますが、国外ではまだまだそれすらままならない地域もあります。また、詩語には電話やメールを意味する語がない上に、そもそもそのような近代技術は漢詩の素材としてあまり雅《が》とは言えません。そこで古風な「手紙・便り」に置き換えて考えることにしました。「家族や友人から一通の手紙すら来ない。だから望郷の念が湧きおこった」という流れにするのです。

転句も例によって下三文字を考えるところから始めます。この詩は平起式となるので、〈○●●〉または挟み平（34ページ）〈●○●〉の詩語を探していきます。「手紙・伝言」や「家族」の分類にある、「無一字」（一字の便りもない）や「家人」（家族の人）などが目に留まり、そこから杜甫「登岳陽楼」詩の「親朋無一字」の句も思い浮かびました。しかし敢えて家族や友人などの具体的な人物を出す必要性はないので、シンプルに「故郷から手紙が来ない」という句

を目指すことにします。

そこで手紙を意味する詩語を探し、「雁鯉」という語を見つけましたが、今回の舞台は水辺を想定していないので、「鯉」の字は避けるのがよいと判断。なぜ雁や鯉が手紙の意味になるのかは、『詩語集』の付録「故事一覧」を見てみると、「雁書」「雁信」「鯉素」の語があり、「雁書」「雁信」には、前漢の蘇武が雁の足に手紙を結んで自分の安否を知らせたという故事があることがわかりました（↓図5）。これらの平仄を漢和辞典（または本書66ページの「音訓から調べる平仄・韻目表」）で調べると、「雁書」「雁信」であるので、先の「無一字」の「一字」の部分を「雁信」に置き換えて「無雁信」とすることにしました。今回の詩は夜空を見上げて望郷の念にかられるという設定のため、手紙をもたらすという「雁」の飛来を待ち望む状況と重なり、詩の表現としてより効果的だろうと思ったのです。

転句の上四字は、手紙すら届かない僻地《へきち》であることを強調したいので、「辺地・僻地」の分類から「地僻」（辺鄙《へんぴ》な地域）」を選びました。長い時間を意味する詩語も入れたいと考え、そこで「時間」の分類を見ると「十年」「三春」などの具体的な期間を表す詩語が目に入りました。しかし、「三春」は『詩語集』巻末の「五十音索引」（↓図6）で調べると、「三年」の意のほかに「三ヶ月の春」や「晩春三月」の意で使われることもあるとわかり、紛らわしさを避けるためにも、ここは平凡な詩語ですが「長年」を採用することにして、転句と結句までが出来上がりました。

地僻長年無雁信
深宵惹起故園情

地僻《ちへき》にして　長年《ちょうねん》　雁信《がんしん》無《な》し
深宵　惹起す　故園の情

4　起句と承句を作る

次に前半の句作りに入ります。前半の起句と承句は後半の句を引き立たせるための舞台装置です（40ページ）。そこで、「手紙も届かない辺境の地での望郷の思い」という転句・結句の情を引き立たせる雰囲気作りを心がけます。初めの連想ゲームで思い描いたように、無人の荒野と明かりのある都市という対比をうまく生かしたいので、作者は都市部の出身ということにし、星空を見て故郷の夜景を連想するという設定を考えました。そして大まかな流れとしては、起句で星の輝く夜空を詠い、承句ではこの星空が都市の夜景のようだと述べることにします。

この起句と承句作りはほぼ並行して行いますが、特に両句の下三文字には注意を払わなければなりません。今回の詩は平起式なので、起句の下三文字は〈●○◎〉、承句の下三文字は〈△●◎〉となり（△は、○●どちらでも可）、その末字（韻字）は、結句の「情」字と同じ庚韻の字にする必要があります。そこで、手元のノートなどに「●○◎」と「△●◎」と書いておいて、『詩語集』の「韻目索引」（↓図7）の庚韻のところを見てみます。自分が作りたい句のイメージに合致し、かつ平仄も先の二つのどちらかと一致し、さらに庚韻の韻字で終わる三字詩語を探し出すのです。見つけたら、ノートのそれぞれの平仄の隣に片っ端から書き出していきます。

　その結果、起句の下三文字には、「月三更」「照天明」「夜凄清」「晩初晴」などが候補に挙がりました。これらの詩語を『詩語集』本編で逐一探し、それぞれの語義を確認し、どれにするかを検討していきます。今回は星が主役なので、「月三更」は除外しました。月が出ていては星明かりが目立たなくなるからです。「夜凄清（夜は物寂しい）」や「晩初晴（晩に初めて晴れる）」も、星以外のものを詠じることになりそうで、好ましくありません。起句の上四字は星を出したいので、その星の状況を言う「照天明（空を明るく照らす）」を採用することにしました。

　そのまま起句の残りの部分を作ります。『詩語集』の「情景」の部にある「星」の分類から詩語を探すと、「列星」「繁星」「群星」などが候補に挙がりました。他に、北斗七星や天の川を表す「北斗」「河星」「銀漢」などもありましたが、前半で具体的な星の名を出すと後半でこれを活かす設定が必要となり、詩の流れにそぐわなくなるので、これらは使わないことにします。

　『詩語集』に収録されている「星」字で終わる詩語を見れば、「星」字が平声であることが分かるので、「□星□□照天明」とする案がまず浮かびます。そこで上二字を仮に「繁星（多くの星々）」とし、その下の二字は星の光を表現したいと考えました。『詩語集』の「光の形容」の分類を見ると、平仄に合致するものとして「燦爛（きらきら輝くさま）」が見つかりました。ここで念のため、「燦爛」を「五十音索引」でも調べると、「美しさの形容」という分類にも掲載されていて、こちらの語義は「華やかで美しいさま」とあります。この詩語を用いると、「星の輝き」と「美しさ」という複数の意味を含ませることができると分かりました。さて、ここまでで次のようになりました。

繁星燦爛照天明　繁星《はんせい》燦爛《さんらん》として天《てん》を照《て》らして明《あきら》かなり
（承句）
地僻長年無雁信　地僻にして長年 雁信無し
深宵惹起故園情　深宵 惹起す 故園の情

5 承句を作る

最後に承句を作ります。ここは起句を承《う》けての部分であり、「星々がきらきら輝いて空を明るく照らしている」という起句を承けて、「まるで街全体に街灯を灯した夜景のようだ」と続けたいところ。まずは「まるで〜のようだ」に相当する詩語を探すために『詩語集』の「比喩の虚辞」という分類を見ると、「恍然」「匹似」「恰似」「宛是」「疑是」などが見つかりました。どれでもよさそうですが、「宛是（あたかも〜のようだ）」と仮決めします。

　承句の三字目以下は「灯火が街に輝いている」とするつもりなので、「韻目索引」で庚韻の詩語をチェックした時に目に留まった「城」の字（意味は街の意）を韻字にしようと考えました。「韻目索引」を見ていくと、「満百城[庚]（多くの街に満ちる）」がありますが、自分の郷里のことだけを詠いたいのであって、複数の街は必要ありません。かと言って「百城」を「荏城（じんじょう。東京）」と具体的な地名にする必要もなければ、「帝城（都の意）」とする必要性も見出せません。すると、「不夜城[庚]」という語を見つけました。輝く星々の比喩として、眠らない街「不夜城」はふさわしいと思い、これに決めます。

そしてこの「不夜城」を形容する語として、「一晩中こうこうと明かりが点《つ》いていた」などの「こうこう」という表現を思い出し、「五十音索引」で「こうこう」を調べました。「交交」「杲杲」「浩浩」「煌煌」などたくさんあったので、『詩語集』の本編でそれぞれの平仄と語義を調べ、イメージに一番近いものを選びます。今回は「煌煌（明るく輝くさま）」を採用。これによって、夜も明るい街であることを表現できると同時に、「不夜城」から転句の「地僻」への場面転換も効いてくることでしょう。

繁星燦爛照天明
宛是煌煌不夜城
地僻長年無雁信
深宵惹起故園情

繁星 燦爛として天を照らして明かなり
宛《あた》かも是《こ》れ煌煌《こうこう》たる不夜城《ふやじょう》ならん
地僻にして 長年 雁信無し
深宵 惹起す 故園の情

6 全体を推敲する

最後に、詩全体を見直して推敲《すいこう》を重ねていきます。まずは起句の「燦爛」と承句の「煌煌」が、ともに輝きを形容する語で、短い詩の中で同類の表現を重ねているのが気になります。そこで「燦爛」を変えることにし、「星全般」という分類の詩語に「万点星[青]」があったので、「星」字を消して「万点」のみを使うこととしました。

また、転句の「雁」と結句の「故園情」とを活かすのならば、物寂しさを覚えやすい秋の設定にしたほうがよいでしょう。『詩語集』の「歳時」という部門に各季節と関係の深い詩語が集められており、この「歳時」の秋の詩語を見ると、「秋星」があったので、「繁星」を「秋星」に変更しました。

今一つ、結句の「宵」は承句の「夜」と同じ意味の字なので、これも「副詞」の分類で見つけた「俄然」に変えて、望郷の念が湧きおこるまでの時間が短いことを示すことにします。そして平仄がルールに反していないかを最終確認し、ようやく以下の完成となりました。

塞外観星
秋星万点照天明
宛是煌煌不夜城
地僻長年無雁信
俄然惹起故園情

塞外《さいがい》 星《ほし》を観《み》る
秋星《しゅうせい》万点《ばんてん》 天《てん》を照《て》らして明《あき》らかなり
宛《あた》かも是《こ》れ煌煌《こうこう》たる不夜城《ふやじょう》ならん
地僻《ちへき》にして 長年《ちょうねん》 雁信《がんしん》無《な》し
俄然《がぜん》 惹起《じゃっき》す 故園《こえん》の情《じょう》

[詩意] 無数の秋の星々が空を明るく照らしている。さながら煌々と輝く不夜城であるかのようだ。（ここは）辺境の地であり、もう長いこと手紙も届かずにいる。（故郷の明かりを彷彿とさせる星々を目の当たりにして）にわかに望郷の念が引き起こされた。

『漢詩創作のための詩語集』紙面より

図1 題詠詩題一覧（441ページ）

各月ごとにふさわしい詩題を紹介。関連する『詩語集』内の分類名も示す。

塞外観星〈サイガイほしをみる〉
塞外（とりでの外、辺境の地）で星を見る 時…
地・僻地144／夜・夜中163／星91

東湖鳴雁〈トウコのメイガン〉
東の湖に鳴く雁 関連 湖沼・池120／秋の渡り鳥…
般の天候31

十月

鴻雁飛来〈コウガン ヒライ〉
渡り鳥が飛来する〔晏殊「訴衷情」〕 関連 秋の…
／火全般の天候1／水辺全般09…

図2 分類一覧（〈21〉ページ）

詩語の分類を一覧できる目次。

図3「寓居・望郷」の詩語（252ページ）

すべての詩語に平仄・読み・語義を記載。末字が平声のものは韻目も記載。

促帰心 うながす 侵 …す
動帰心●○◎ キシンをうごかす 侵 故郷に帰りたくなる
望郷心●○◎ ボウキョウのこころ 侵 故郷を思う心
擣郷愁●○◎ キョウシュウをつく 尤 郷愁をかき立てる
故園情●○◎ コエンのジョウ 庚 故郷を思う心
故郷情●○◎ コキョウのジョウ 庚 故郷を思う心

故国情 …ジョウ 庚
羇旅情○●◎ キリョのジョウ 庚
憶故林●●◎ コリンをおもう
思故郷○●◎ コキョウをおもう
悲故郷○●◎ コキョウをかなしむ
望故郷●●◎ コキョウをのぞむ

図4 韻字一覧（巻末5ページ）

『詩語集』に収録した詩語の韻字（押韻する字）を韻目ごとに並べたもの。

八庚	
庚	60
更	60
羹	60
横	60
觥	60
棚	60
英	60
平	60
評	60

……

鳥	62
桜	62
橙	62
争	62
箏	62
清	62
情	62
晴	63
精	63
晶	63
旌	63

図5 故事一覧（396ページ）

漢詩創作に役立つ故事と、その故事を用いた詩句を紹介。

雁書〈ガンショ〉
手紙。▼前漢の蘇武《そぶ》は、匈奴に捕らえられバ…に流されていた時、雁の足に手紙を結んで…漢に知らせた。雁は手紙を運ぶ鳥と考えら…
…蘇武伝〕 詩 南菊再逢人臥病、北書不至雁無情

図6 五十音索引（巻末126ページ）

詩語の読みから引ける索引。「三春」のように複数の語義をもつ詩語は複数の分類に掲載されている。

図7 韻目索引（巻末60ページ）

末字が平声である詩語を韻目ごとに並べた索引。韻目・平仄パターンが同じである詩語を探せる。

第5章

1 韻塞ぎのすすめ

この章では中学校・高等学校の授業や一般の漢詩創作講座において、指導者の皆さんに活用いただくための実践案を紹介します。漢詩の要点を理解しながら実作が進めやすくなるように配慮したものが、次の3つの実践案です。

1 **韻塞《いんふた》ぎのすすめ**……詩の根本である「韻を踏むこと」を、日本古文との関連で理解する。

2 **柏梁体《はくりょうたい》のすすめ**……韻を踏む七言句の集まりが詩であること、転句が重要であることを理解する。

3 **固有名詞を詠む**……平仄の決まりを正しく理解し、固有名詞の使い方に意識的になるようにする。

それぞれの解説の後に「問題」の形で実践案を記しました。解説内に解答があるため、まずは問題から解いてください。

＊

平安文学には漢学が取り入れられた言葉遊びがよく登場しますが、「韻塞ぎ」もその一つです。次ページに「韻塞ぎ」の様子がうかがえる『源氏物語』賢木《さかき》の巻と、それを踏まえた玉上琢弥氏の評を引用しました。これらで「韻塞ぎ」とはどのような言葉遊びであるかを紹介し、杜甫の「贈花卿」を用いて実際に実践してみましょう。なお大学入試でも、詩の句末の韻字を選択肢から入れさせるという問題がしばしば出されますが、これも韻塞ぎに他なりません。

生徒にはまず漢和辞典を引かせて、「紛」の字が上平声「文」の韻目であることを確認させます。次に平仄辞典を使って（ない場合は本書64ページ「韻字一覧」などを参考にして）、「文」韻の韻字表から主な字を確認し、文意に合うかどうかを検討させましょう。

生徒から、承句に「分」「君」などの意見も出るかもしれませんが、転句をよく読み、「天上にある」とはどういうことかと問うと、「雲」という正解を導きやすいでしょう。空白のところを埋めようと思えば、表現されている部分をより注意深く読み、作者の創作意図を汲まなくてはいけないのです。結句末は、起句「糸管」や転句「曲」の字に注目できれば、「聞」と答えることができるはずです。日本古典でも糸竹（いとたけ）は弦管楽器を表す重要古語であるという知識から、連想することも可能です。

韻を考えるためには、対句や句中対《くちゅうつい》（32ページ）の知識も必要となります。「贈花卿」の承句はまさに、「半入江風」（水平）「半入雲」（垂直）と典型的な句中対となっています。韻塞ぎは、学習者自身が注意深く読んで表現技法への理解を深める手段としても優れているのです。

さらに、韻塞ぎには平仄の知識が必要ないこともポイントです。押韻が正確な詩を選びさえすれば、平仄について気にすることなく実践できます。（本章の解答は85ページ）

七言絶句で「韻塞《いんふた》ぎ」をしてみよう。

贈花卿　杜甫

錦城糸管日紛紛
半入江風半入□
此曲祇応天上有
人間能得幾回□

問題 1 起句（第一句）の末尾の字を漢和辞典で調べて、この詩の韻目を確かめましょう。

□

問題 2 書き下し文にしてみましょう。（□のところは3を解いてから考えましょう）

起句

承句

転句

結句

問題 3 1で調べた韻目に属する字を平仄辞典などで調べて、この詩の意味に合う承句と結句の末尾の字を□に記入しましょう。

□

□

参考

◆またいたづらに、いとまありげなる博士どもを召し集めて、文つくり、韻ふたぎなどようのすさびわざどもをもしなど、心をやりて、（中略）殿上人も大学のも、いと多う集ひて、左右にこまどりに方分《かたわ》かせたまへり、賭物《かけもの》どもなど、いと二なくて、挑みあへり、塞ぎもて行くままに、難《かた》き韻の文字どもいと多くて、おぼえある博士どもなどの惑ふところどころを、時々うちのたまふさま、いとこよなき御才《ざえ》のほどなり。（『源氏物語』賢木）

◆「韻ふさぎ」は、平安朝のころ盛んに行われた遊びである。その知的なところが好まれたのであろう。古い詩集などから詩をとりあげて、その韻字の部分を隠しておき、そこが何という字であるかあてくらべをする。たとえば、「蝸牛角上争何事　石火光中寄此身　随富随貧且歓楽　不開口笑是痴人」（白楽天 対酒）の□で囲んだ字を隠してあてさせる。というふうなものであるらしい。（中略）韻ふたぎは、漢学に長じ、わけても詩に精しくなければならぬが、単にそれだけでは足りない。なにぶんにも、今まで見たこともないような詩のだされることもあるから、韻字を推定しようとすると、文学的才能もなければできない。（玉上琢弥「源氏物語評釈」賢木）

2　柏梁体のすすめ

「生徒に漢詩を作らせたいんですが、何に気をつけたらよいでしょうか」と漢詩研究者の石川忠久先生にお尋ねしたことがあります。そのとき石川先生が間髪をいれず「七言句をできるだけたくさん作らせなさい。柏梁体《はくりょうたい》をやりなさい」と教えてくださったのを思い出します。柏梁体とは、漢の武帝が柏梁台に群臣を集めて作らせた七言の連句に始まるもので、同じ韻に属する語を句末に用いて、韻を踏む七言句をたくさん作っていくものです。教室でいきなり、平仄などの規則にかなった漢詩を作らせるのも難しいため、まずはこの柏梁体に挑戦してみることをお勧めします。そうして、作詩への心理的抵抗をある程度除いてから、作詩に入ってみるのがいいでしょう。

なるべくなら、単に柏梁体を行うのではなく、「転句は押韻しない四行の七言句」に挑戦してください。作詩において重要な転句の役割を意識させたいからです。

中学校の国語教科書に掲載されている「春暁」(孟浩然)は転句の役割を理解するのに格好の作品です。「春眠暁を覚えず　処々啼鳥を聞く」と春の朝の様子を描き、一転して「夜来風雨の声」と転句で「暗転」する。転句の作り方はこのようにするのだ、という見本のような作品なのです。

起承転結と転句の役割、押韻との関係をわかりやすく伝えたいなら、民謡「伊勢音頭」の有名な次の言葉を示してもよいでしょう。□は押韻ともとれます。

起　伊勢は津で持つ
承　津は伊勢で持つ
転　尾張名古屋は
結　城で持つ

起句・承句での伊勢と津との話題が、転句に及んでみごとに尾張名古屋の話に転じています。

転句の作り方として、「起・承と過去のことを詠んだなら、転で現在のことに変わるようにする」、あるいは「起・承と風景(自然)を詠めば、転で人事(心情)などを読むようにする」などと説明してもよいと思います。

筆者(岡本)作の次の七言絶句は自治医科大学の創立五十周年を祝う詩ですが、起句・承句で現在・過去の風景を詠み、転句で一般論に「転じ」たものです。

起　昔時花影一枝紅　　昔時は花影一枝紅なり
承　今日杏香千里風　　今日は杏香千里の風
転　国手無抛傷病者　　国手抛《なげう》つこと無し傷病の者
結　五旬猶有養医功　　五旬猶ほ有り医を養ふ功

この詩を例にすると、「昔時」「花影」「一枝紅」というように、二字、二字、三字の「かたまり」とすることも意識させたいところです。ただ、それが難しいようなら、まずは七言句を作ることを優先してください。

平仄に関係なく、韻を踏んでいる七言句を作ってみよう。

問題 語群の字はすべて「東」という韻目に属する字（＝古代漢語で「東」に似た響きを持つ字）です。この中の字を使って、次のような七言句に挑戦しましょう。

・七言句（＝七字からなる句）を四つ作る。
・四つの句が、起・承・転・結の意味を持つようにする。
・転句（第三句）以外は、語群から「東」韻の字を選んで句末（句の最後）に置く。
・可能であれば、一句が「二字、二字、三字」という意味のまとまりになるようにする。

起							
承							
転							
結							

語群 「東」韻

東 空 弓 公 風 功 楓 攻 宮 瞳 翁 虫 忠 同 紅 工 中 洪

参考

◆左の詩を参考にしてみてください。起承転結の構成を持ち、一句がそれぞれ「二字、二字、三字」というまとまりになっています。転句以外の句末である□の字は、「陽」という韻目に属する字で韻を踏んでいます。

起 神大―附属―停留[場]
承 早朝―登校―秋風[香]
転 先週―警報―学校休
結 台風―一過―青天[陽]

3 固有名詞を詠む

最後に、漢詩における固有名詞の効用を理解して創作に役立てる実践を紹介しましょう。まずは李白の前期代表作である「峨《が》眉《び》山《さん》月《げつ》歌《のうた》」を、李白の生涯の前半生を紹介しながら鑑賞します。

峨眉山月半輪秋　　峨眉山月 半輪《はんりん》の秋
影入平羌江水流　　影は平羌江《へいきょうこう》 水に入りて流る
夜発清渓向三峡　　夜清渓《せいけい》を発して 三峡に向かふ
思君不見下渝州　　君を思へども見えず 渝州《ゆしゅう》に下る

この詩には　で示したように固有名詞（地名）が五つも折り込まれています。承句の「平羌江」という川は「青衣江」と呼ぶのが一般的ですが、「川の流れの平らかさ」を意識できるように「平羌江」という固有名詞が選択されていることに留意させましょう。

次に、李白の詩の学習を受けて、幕末の藤井竹外「泉州道中」を読み進めます。

喚取籃輿便換舟　　籃輿《らんよ》を喚取して便ち舟に換ふ
浪華南去是平疇　　浪華《ろうか》南に去れば是れ平疇《へいちゅう》
西風吹白木綿国　　西風吹き白くす木綿の国
一路穿花到紀州　　一路花を穿《うが》ちて紀州《きしゅう》に到《いた》る

この詩に用いられている固有名詞を生徒に挙げてもらい、「浪」「華」「紀」「州」それぞれの漢字を漢和辞典を使って調べるようにします。その上で、「転句と最も関係が深い字はどれか」を尋ねると、よく辞書を調べる生徒は、「紀」に「いとぐち・糸のはじめ・糸の先」の意があり、木綿と掛けられていることに気づくはずです。転句を承けての結句が、「紀州」という固有名詞で終わる巧みさに注目させましょう。仮に「信州」や「長州」「武州」に行くのであれば面白くも何ともないのですが、糸の原料（木綿の花）の中を通って、糸偏でしかも「いとぐち」という意味の土地に行くという面白味があるのです。「泉州道中」で用いられている漢字にはそれぞれ意味があり、その意味を持つ固有名詞を巧みに風景に重ねて詠み込んでいることを理解させたいと思います。

また、作詩に向けた実践にこの詩を用いる利点が、もう一つあります。それは、平仄のルールが正確に守られているということです。実は、教科書に取り上げられる李白や孟浩然など盛唐の詩人の詩は、平仄式が守られていなかったり、押韻が仄声で行われたりすることがしばしばあるため、平仄式を守らなくても作詩ができるのではないかという誤解を初学者に与えかねません。作詩に向けた指導においては、平仄の正確な日本漢詩を教材とすることが有効なのです。

平仄を調べよう。また、適切な固有名詞を考えてみよう。

泉州道中　藤井竹外

喚取籃輿便換舟
浪華南去是平疇
西風吹白木綿国
一路穿花到□□

籃輿《らんよ》を喚取《かんしゅ》して便《すなは》ち舟に換《か》ふ
浪華《ろうか》南に去れば是れ平疇《へいちゅう》（平野の意）
西風吹き白くす木綿の国
一路花を穿《うが》ちて□□に到《いた》る

問題 1 平仄を漢和辞典で調べて○（平声）と●（仄声）を字の右側に記入し、平仄のルールが守られているか確認しましょう。

問題 2 この詩の韻目を漢和辞典で調べましょう。

韻目

問題 3 結句の六～七字目には固有名詞（地名）が入ります。語群からふさわしいものを選び□に記入しましょう。また、その理由も考えてみましょう。

理由

語群 大和　和州　奈良　紀伊　紀州　紀川　淡路　淡州　洲本　阿波　阿州
徳島　伊勢　勢州　長州　信州　武州　武蔵

参考

◆主な平仄のルール（七言句の場合）

▼二四不同《にしふどう》・二六対《にろくつい》…二字目と四字目の平仄を同じにせず、かつ六字目は二字目と同じ平仄にする。

▼反法《はんぽう》・粘法《ねんぽう》…第二句は反法（＝偶数番目の文字を前の句と反対の平仄にする）、第三句は粘法（＝偶数番目の文字を前の句と同じ平仄にする）、第四句は再び反法にする。

▼下三連《かさんれん》を禁ずる…下三字を〈○○○〉（すべて平声）あるいは〈●●●〉（すべて仄声）としてはいけない。

▼孤平《こひょう》を禁ずる…四文字目が平声の場合、その前後を仄声にして〈●○●〉としてはいけない。

1 用語解説

韻（いん） 音の響き・調子。特に漢詩では、漢字の語頭子音《ごとうしいん》を取り去った後ろの部分の音をいう。例えば、「間」「山」の字はローマ字で表せばkan, sanとなり、anの部分の音が韻となる。「韻を踏む」とは、この音を同じにし、かつその音の高低（声調）も同じものにすることをいう。↓押韻・声調

韻字（いんじ） 韻を踏むのに用いる字。↓64ページ

韻目（いんもく） 韻の種類。平水韻《へいすいいん》では「東韻」「先韻」など一〇六種の韻目がある。↓25ページ

押韻（おういん） 同じ音の響き、同じ声調を持つ字を用いて、音調を整えること。「韻を踏む」とも。おおむね句の末尾で韻を踏む。同じ響きの音を一定の位置に置くことによって、耳に聞いて心地よいという効果が生まれる。↓24ページ

下三連（かさんれん・しもさんれん） 禁忌事項の一つ。一句の下三字の平仄を全て同じにすること。下三字が全て平声《ひょうせい》のものを平三連《ひょうさんれん》、仄声《そくせい》のものを仄三連《そくさんれん》という。↓32ページ

起句（きく） 漢詩の最初の句。特に、絶句の第一句。

起承転結（きしょうてんけつ） 絶句の構成法。まず詠い「起」こし、次にそれを継「承」し、次は大きな「転」換を図って、最後に全体を「結」ぶ、というもの。↓38ページ

去声（きょせい・きょしょう） 古代中国語の声調で、下がり調子の音。

句中対（くちゅうつい） 七言詩の中で、一句の上四字と下三字が同じ構造をとるもの。↓32ページ

結句（けっく） 漢詩の最後の句。特に、絶句の第四句。

国字（こくじ） 日本で作られた漢字。↓6・63ページ

孤平（こひょう） 禁忌事項の一つ。五言詩の二字目、七言詩の四字目が平字《ひょうじ》の場合、前後の二字を仄字《そくじ》にして平字を孤立させること。特に七言句の四字目は句の中央になるため、ここを孤平にすると、句が折れるようなリズムになり安定性に欠けてしまう。↓32ページ

四声（しせい） 古代中国語の四つの声調。古代中国語では平声《ひょうせい》・上声《じょうせい》・去声《きょせい》・入声《にっしょう》に分かれる。↓24ページ

承句（しょうく） 絶句の第二句。

上声（じょうせい・じょうしょう） 古代中国語の声調で、上がり調子の音。

声調（せいちょう） 音の調子、高低。古代中国語の声調は、「平声《ひょうせい》（低く平たい調子）」「上声《じょうせい》（上り調子）」「去声《きょせい》（下がり調子）」「入声《にっしょう》（つまる調子。促音）」の四種に分けられる（四声《しせい》）。上声・去声・入声は平らでないという意味で「仄声《そくせい》」と総称され、平声と仄声を合わせて「平仄《ひょうそく》」と呼ぶ。↓24ページ

絶句（ぜっく）　四句からなる漢詩の一形式。一句が五字の五言絶句、一句が七字の七言絶句など。↓22ページ

仄字（そくじ）　仄声である字。

仄声（そくせい）　声調が平板でない、上声・去声・入声の総称。「仄」は傾くの意。↓24ページ

仄起式（そっきしき）　絶句・律詩の第一句の二字目が仄字のもの。「仄《そく》起《お》こり」とも。↓30ページ

題詠（だいえい）　与えられた題に沿った内容の詩を作ること。また、その詩。↓36ページ

通韻（つういん）　同一の韻目ではなく、音の近い二種類の韻目を用いて押韻すること。↓34ページ

転句（てんく）　絶句の第三句。

同字相犯（どうじそうはん）　禁忌事項の一つ。一首内に同一の漢字を複数用いること。↓32ページ

二四不同・二六対（にしふどう・にろくつい）　一句の中で二字目・四字目の平仄を違《たが》え、二字目・六字目の平仄をそろえること。一句の節となる部分の音を互い違いにすることで、音律の変化を図る。↓28ページ

入声（にっしょう・にゅうせい）　古代中国語の声調で、つまる調子の音。

挟み平（はさみひょう）　韻を踏まない句の下三字を仄平仄（●○●）の配置にして、平仄仄（○●●）の代用とすること。「挟平格《きょうへいかく》」とも。↓34ページ

反法・粘法（はんぽう・ねんぽう）　二句をひとまとまりとしてとらえ、その中で前後の句の二字目・四字目・六字目の平仄配置を反対にすることを「反法」という。逆に、前後の句の平仄配置を同じにすることを「粘法」という。絶句では、一・四句目、二・三句目の平仄配置がそれぞれ同じになる。絶句・律詩は反法と粘法を繰り返して一詩を構成するので、第一句（および第四句）の二字目を平字を用いるのか仄字を用いるのかによって、一詩全体の平仄式（平仄の配列の型）が決まる。↓30ページ

平起式（ひょうきしき）　絶句・律詩の第一句の二字目が平字のもの。「平《ひょう》起《お》こり」とも。↓30ページ

平字（ひょうじ）　平声である字。

平声（ひょうせい・ひょうしょう）　古代中国語の声調で、低く平たい調子の音。↓24ページ

平仄（ひょうそく）　平声と、仄声（上声・去声・入声の総称）。また、その配列。平声を○、仄声を●、平声による押韻を◎で表す。↓24ページ

平水韻（へいすいいん）　十三世紀に定められ、現代まで通用している韻の分類法。韻を一〇六種に分類してあるので「百六韻」ともいう。↓25ページ

冒韻（ぼういん）　禁忌事項の一つ。一首の中で、押韻する箇所以外にその韻目に属する字を用いること。絶句の後半（転句・結句）では許容されることもある。↓32ページ

和習（わしゅう）　日本の習慣、日本臭さの意。「和臭」とも。古代漢語（＝漢文）にはない言葉や用法で漢詩を作ること。↓6・62ページ

漢詩創作ガイド

2 漢詩歳時記 ①——季節の行事や風物

俳句に季語があるように、漢詩にも季節に関係の深い詩語があります。それぞれの季節に関連した事物を並べてみましたので、詩語集や漢和辞典でこれらの事物に関係する詩語を探してみてください。(『漢詩創作のための詩語集』では「歳時」の部にまとめています)。なお、行事の欄に掲げた日付は原則として旧暦によるものです。

春	
行事	風物
[初春] 元旦(1月1日。新年のはじまり)・人日《じんじつ》(1月7日の節句。日本では七草粥を食べる) [晩春] 上巳《じょうし》(3月の最初の巳の日。のち、3月3日に日本では女児の成長を祈る雛祭りに)	[春全般] おぼろ月・花見 [初春] お屠蘇《とそ》・門松・しめ縄・雑煮・凧《たこ》・七草粥

春	
植物	動物
[初春] 梅・ジンチョウゲ・水仙・フキノトウ [仲春] アンズ・カイドウ・スモモ・梨・菜の花・桃 [晩春] 桜・シャクヤク・新筍・ツツジ・フジ・ボタン・モクレン・柳の綿	[初春] ウグイス [仲春] 蝶・蜂 [晩春] ウグイス・カッコウ・ホトトギス

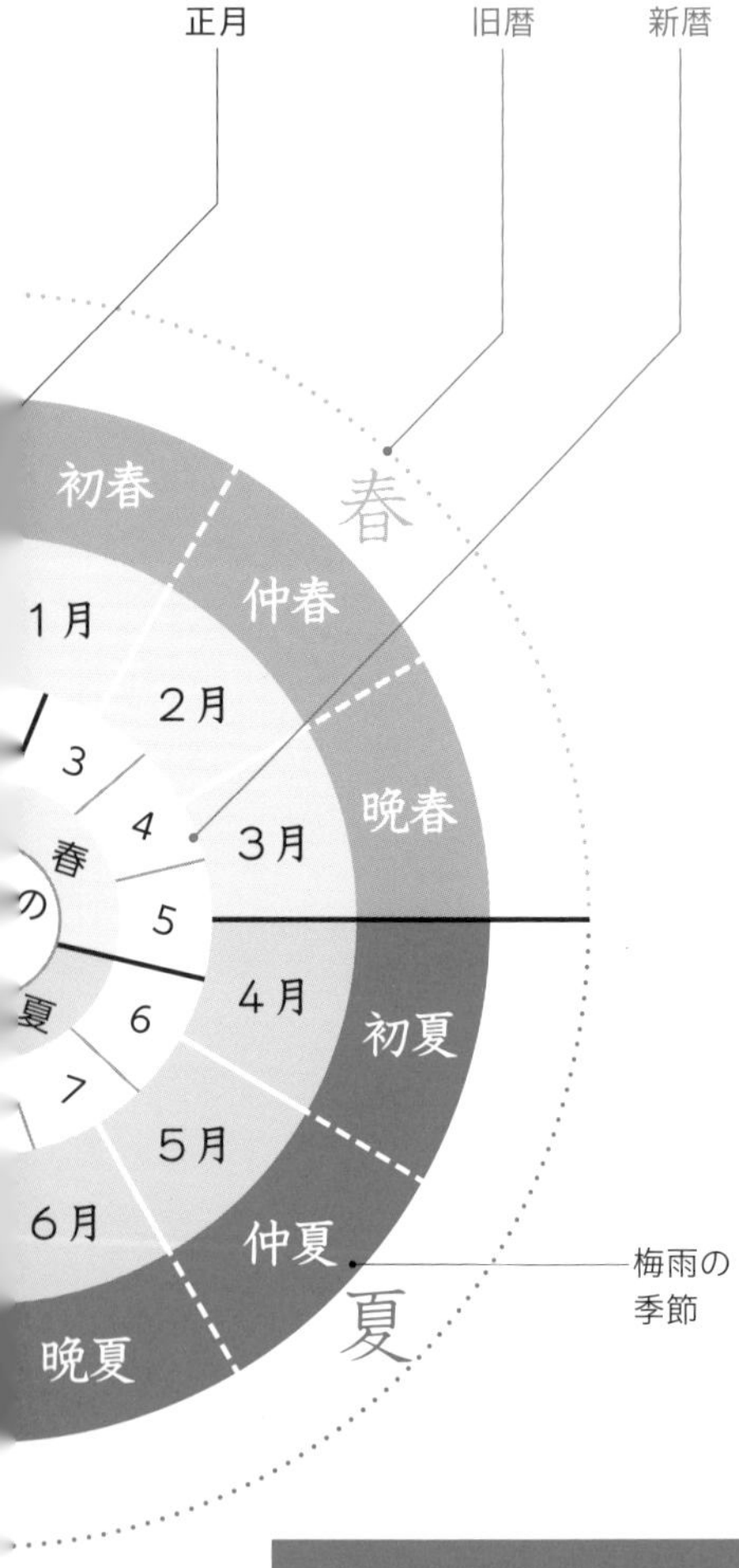

夏			
行事	風物	植物	動物
[初夏] 端午《たんご》(5月5日の節句。ショウブを軒に挿して邪気を払う。のち、日本では粽《ちまき》や柏餅を食べて男児の成長を祝す)	[夏全般] 鵜飼《うか》い・うちわ・潮干狩り・海水浴・花火・風鈴 [初夏] 鯉のぼり・粽《ちまき》・田植え [仲夏] 梅雨	[初夏] アヤメ・カキツバタ・クチナシ・桑の実・ハナショウブ・麦の穂(麦秋) [仲夏] アジサイ・梅の実・ザクロの花・タチアオイ・ビワの実 [晩夏] サルスベリ・ヒマワリ・ムクゲ・ライチ	[夏全般] セミ・トンボ [初夏] ツバメ [仲夏] カエル・カタツムリ [晩夏] 蛍

冬

行事	風物	植物
【仲冬】冬至（二十四節気の一つ。新暦12月21日頃。日本ではゆず湯に入り、カボチャを食べる風習がある。中国では天や祖先を祀り、水餃子や湯円を食べる） 【晩冬】大晦日《おおみそか》（12月31日。一年の終わり）	【冬全般】囲炉裏・北風・氷雪・焼き芋・落葉 【晩冬】お歳暮・歳末の市場	【冬全般】サザンカ・ツバキ・ロウバイ

秋

行事	風物	植物	動物
【初秋】七夕（7月7日の節句。織姫・彦星の伝説や裁縫の上達を祈る乞《きっ》巧奠《こうでん》にちなむ）・盂蘭盆《うらぼん》（7月15日前後。祖先を供養する） 【仲秋】中秋の明月（8月15日の夜に満月を賞し、中国では月餅《げっぺい》を食べる） 【晩秋】重陽《ちょうよう》（9月9日の節句。菊をひたした酒を飲んで長寿を祈る）	【秋全般】稲や果実の収穫・キノコ採り・虫の声・落葉 【仲秋】秋祭り	【初秋】アオギリ・朝顔・ハギ・ホオズキ・豆の花 【仲秋】キンモクセイ・ギンモクセイ・ススキ 【晩秋】菊・紅葉・ソバの花	【秋全般】クツワムシ・コオロギ・渡り鳥（雁《がん》） 【初秋】カササギ（七夕伝説）・セミ・蛍

参考

◆漢詩を作る時、特に季節の事物を詠《うた》う場合には、旧暦（太陰暦）に沿って詠うのが原則です。例えば「七夕」は、現代では新暦（太陽暦）の7月7日に行われることも多い行事ですが、本来は初秋である旧暦7月7日（新暦の8月頃）の節句です。そのため、七夕について漢詩で詠む場合は、夏ではなく秋（初秋）にふさわしい詩語を用います。

◆現代の日本で正月に新年の漢詩を詠む場合なども、実際の（新暦での）季節はまだ冬ですが、旧暦に基づく季節を想定して春（初春）の詩語を用いることになります。

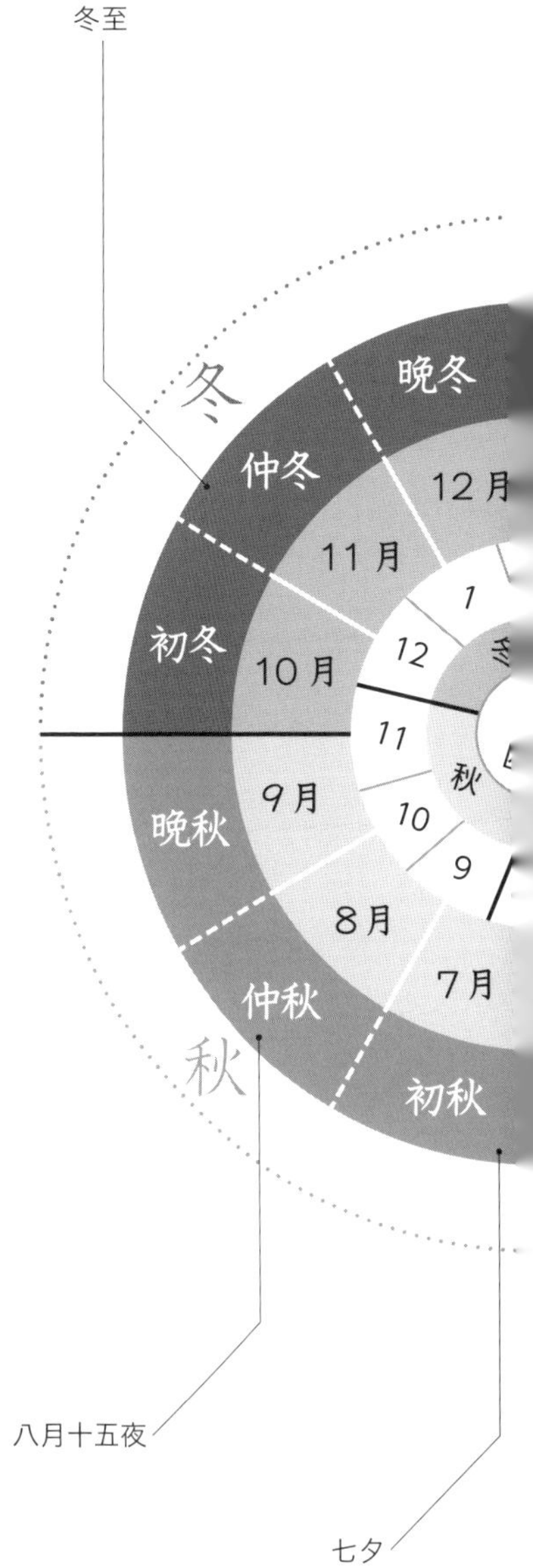

漢詩創作ガイド

2 漢詩歳時記②——季節の詩題

それぞれの季節にふさわしい詩題の例を挙げました。季節の詩語を用いてこれらの題に合った漢詩を作ってみましょう。（『漢詩創作のための詩語集』の関連する分類名とそのページを 詩語集 の欄に示しました。）

春

初春	仲春	晩春
旧暦1月・新暦2～3月	旧暦2月・新暦3～4月	旧暦3月・新暦4～5月
元朝望岳《ゲンチョウボウガク・ゲンチョウガクをのぞむ》 題意 元日に山岳（富士山・故郷の山など）を望み見る。▼年の初めの思いを詠んでみよう。新暦の元日に詠む場合も、季節は初春を想定しよう。 詩語集 春の到来 2／元旦 14／山岳 98／東海（山岳） 368 **春日尋梅**《シュンジツジンバイ・シュンジツうめをたずぬ》 題意 春の日に梅の花を探しに行く。▼多くは梅園や梅林を訪れることをいいますが、山野や人家に咲く梅花でも。 詩語集 春全般の天候 8／春の景観 8／初春の花木 12／花 64	**春暁閑眠**《シュンギョウのカンミン》 題意 春の明け方にのんびりと眠る。▼孟浩然の「春暁」詩（春眠暁を覚えず）を参考に。 詩語集 春一日の時間帯 3／春の人里 10／朝・夜明け 162／睡眠 216 **花下送人**《カカソウジン・カカひとをおくる》 題意 花の咲く下で人を送る。▼桃・アンズ・桜など3月に咲く花とともに、卒業式や職場の人との別れを詠じてみよう。 詩語集 春全般の天候 3／春の景観 8／仲春の花木 16／桜 18／離別・送別 281	**古城看花**《コジョウカンカ・コジョウはなをみる》 題意 古城で花を見る。▼お城での花見・夜桜見物などを詠ってみよう。 詩語集 春の行楽 9／晩春の花木 18／古都・古城 135 **水亭雅集**《スイテイのガシュウ》 題意 水辺の建物での風雅な集会。▼詩歌・管弦・飲酒・清談などを楽しむ集いを想像してみよう。 詩語集 水辺全般 109／飲酒 187／詩文・吟詠 203／歌舞・器楽 208／盟約・会合 278

夏

初夏	仲夏	晩夏
旧暦4月・新暦5～6月	旧暦5月・新暦6～7月	旧暦6月・新暦7～8月
初夏庭花《ショカのテイカ》 題意 初夏の庭の花。▼アヤメ・ショウブ・フジ・バラ・ツツジ・ボタン・シャクヤクなど5月に咲き誇る花々の美しさを詠じてみよう。 詩語集 夏の到来 22／夏全般の花木 23／初夏の時節・天候 26／端午 28／庭・菜園 231 **村路薫風**《ソンロのクンプウ》 題意 村里の道に吹く南風。▼のどかな初夏の村へ続く道中の様子をスケッチしてみよう。 詩語集 夏の到来 22／初夏の時節・天候 26／風 59／郊外 124	**雨中訪寺**《ウチュウホウジ・ウチュウてらをたずぬ》 題意 雨の中お寺を訪ねる。▼梅雨の季節、アジサイの咲く寺を訪ねる情景を想像してみよう。 詩語集 仲夏の時節・天候 28／仲夏の花木 28／雨天 51／仏寺 136 **夏日山行**《カジツのサンコウ》 題意 夏の日の山歩き。▼山開きされた夏山のハイキングでの感動を詠おう。 詩語集 夏の避暑・納涼 25／山岳 98／登山・山歩き 174	**海村所見**《カイソンショケン・カイソンのみるところ》 題意 海辺の村で目にしたことについて。▼漁港や海水浴場のある海辺の村を思い浮かべてみよう。 詩語集 夏の避暑・納涼 25／夏の行楽 26／水辺の村落・漁村 115／海洋 122／船遊び 172 **橋上煙火**《キョウジョウのエンカ》 題意 橋のほとりの花火。▼8月の花火大会を詠じてみよう。 詩語集 夏の行楽 26／天空全般 84／海辺 109／橋 133／夜・夜中 163

冬

初冬	仲冬	晩冬
旧暦10月・新暦11～12月	旧暦11月・新暦12～1月	旧暦12月・新暦1～2月
客中寒月《カクチュウのカンゲツ》 **題意** 旅行中の冷たく輝く月。▼郷里を離れた旅先での心情を詠んでみよう。 **詩語集** 冬全般の天候 44／月 88／旅行・長旅 178／寓居・望郷 250 **小春散策**《ショウシュンサンサク》・《ショウシュンサクをサンず》 **題意** 小春日和の日の散歩。▼晩秋から初冬の暖かな日、散歩した折に見たことや感じたこと。 **詩語集** 初冬の時節・天候 38／行楽・散策 168	**冬夜読書**《トウヤドクショ》・《トウヤショをよむ》 **題意** 冬の夜の読書。▼長く静かな冬の夜にどのような本を読むか考えてみよう。 **詩語集** 冬一日の時間帯 44／冬全般の天候 44／書物・読書 202 **籬落茶花**《リラクのチャカ》 **題意** まがきのサザンカ（あるいはツバキ）▼冬に見られる代表的な花を詠じてみよう。植物学上サザンカとツバキは別種のものだが漢詩の中ではどちらを詠じてもよい。 **詩語集** 垣根・塀 228／冬全般の花木 45／花 64	**郊村夜雪**《コウソンのヤセツ》 **題意** 郊外の村の夜の雪。▼屋内から見る雪、帰宅途中に見る雪などを見て感じたことを詠じてみよう。 **詩語集** 冬の山野 46／雪 54／郊外 124／夜・夜中 163 **歳晩書懐**《サイバンショカイ》・《サイバンおもいをショす》 **題意** 年の暮れに思いを記す。▼一年間を振り返って、いろいろな思い出とともに感じたことを詠じてみよう。新暦の12月末に詠む場合も、季節は晩冬を想定しよう。 **詩語集** 晩冬の時節・天候 47／歳末 47／冬・年の終わり 48／懐古・追憶 296

秋

初秋	仲秋	晩秋
旧暦7月・新暦8～9月	旧暦8月・新暦9～10月	旧暦9月・新暦10～11月
七夕観星《シチセキカンセイ》・《シチセキにほしをみる》 **題意** 七夕に星を見る。▼織姫と彦星の伝説に思いを馳せて詠んでみよう。 **詩語集** 初秋の時節・天候 38／七夕 40／星全般 91／銀河・天の川 92／夜・夜中 163 **城中秋熱**《ジョウチュウのシュウネツ》 **題意** 街中の残暑。▼「城」はここでは街の意。街中の厳しい残暑を詠おう。 **詩語集** 初秋の時節・天候 38／城市 128	**中秋望月**《チュウシュウボウゲツ》・《チュウシュウつきをのぞむ》 **題意** 中秋（＝旧暦8月15日）に月を見る。▼一番美しいとされる中秋の月を見て、感じたことを詠んでみよう。 **詩語集** 仲秋の時節・天候 40／中秋の明月 40／月 88 **田家秋色**《デンカのシュウショク》 **題意** 田園地帯の秋景色。▼田畑の実りや秋の虫など、田園での秋景色の一コマを詠じてみよう。 **詩語集** 秋 30／田園 123	**重陽賞菊**《チョウヨウショウギク》・《チョウヨウキクをショウす》 **題意** 重陽に菊の花を観賞する。▼旧暦9月9日は菊の花びらを杯に浮かべて酒を飲んだり、中国では高い丘などに登って邪気払いをする風習がある。 **詩語集** 菊 42／重陽 43 **古寺看楓**《コジカンプウ》・《コジフウをみる》 **題意** 古い寺で紅葉を見る。▼秋の紅葉を見て感じたことを詠じてみよう。 **詩語集** 紅葉 43／仏寺 136

第6章

3 要注意の和習

漢詩で避けるべき「和習」の例を紹介します。❶に挙げた漢字の✕で示した用法は、日本独自の用法のため、漢詩では用いないようにしましょう。❶の漢字を◎で示した用法で用いることは問題ありません。

❷に挙げた漢字は国字の例です。漢詩の中で用いないようにしましょう。（6ページを参照）

❶ 日本独自の用法

乙	✕オツな味。乙女。◎十干（じっかん）の一つ。
丼	✕どんぶり。◎井戸。
仰	✕おっしゃる。おおせ。◎上を向く。仰ぎ奉る。
仲	✕人の間がら。仲立ち。◎季節のまんなか。兄弟の二番目。
侍	✕武士。◎はべる。目上のそば近くに仕える人。
係	✕かかり。役職。◎～である。～にかかる。（動詞）
倅	✕せがれ。◎下級役人。補佐官。
催	✕もよおす。もよおし。開催。◎うながす。せきたてる。
優	✕やさしい。◎てあつい。すぐれる。
冴	✕さえる。◎凍てつくさま。
利	✕きく。◎利益。

匹	✕動物を数える単位。◎馬・織物を数える単位。ならぶ。匹敵。
呟	✕つぶやく。◎大きな声や物音。
咲	✕咲く。◎「笑」の異体字。笑う。
城	✕（建造物の）しろ。◎城壁。街。
塘	✕つつみ。土手。◎池。
夕	✕ゆうがた。◎夜。
夢	✕（将来の）ゆめ。◎（睡眠中の）ゆめ。ゆめを見る。
太	✕ふとい。◎はなはだしい。大きい。
妙	✕変わっている（奇妙）。◎すぐれている。
娘	✕むすめ。女児。◎母親。人妻。
嫁	✕息子の妻。新婦。◎とつぐ。女性が結婚する。
嬉	✕うれしい。◎楽しむ。戯れる。あそぶ。

安	✕やすい。◎やすらか。
寂	✕さみしい。◎ひっそりしている。
届	✕とどける。◎極限。到る。回数を数える単位。
岩	✕いわ。◎高い山。
嵐	✕暴風雨。◎山気。山にたちこめる空気やもや。
幸	✕さいわい。（名詞）◎さいわいに。（副詞）
幽	✕静かである。◎世の人々に知られていない。
床	✕ゆか。ゆかしい。◎寝台。こしかけ。
彩	✕いろどる。◎あや。色とりどりの模様。
彼	✕あいて。その男。◎向こう側。「彼岸」の「彼」。
愁	✕うれう。うれい。◎かなしむ。かなしみ。
惚	✕ほれる。ぼける。◎うっとりする。ほのか。

揃	✕そろえる。◎切り分ける。分割する。
既	✕すでに。◎～した上で。
旬	✕野菜。魚介等の最も味のよい時期。◎十日。十年。
暮	✕暮らす。暮らし。◎日暮れ。よる。すえ。
曇	✕くもり。くもる。◎梵語「悉曇」（しったん）などの音訳に用いる字。
肱	✕ひじ。◎かいな。うで。
背	✕せたけ。◎背中。後ろ。
腕	✕うで。◎手首。
本	✕ほん。書物。◎もと。もとより。本来の。
杜	✕もり。森林。◎中国人の姓（に由来する熟語）。
桂	✕カツラ（木の名）。◎モクセイ（木の名）。月に生えている伝説の木。
森	✕木がたくさん生えている場所。◎おごそか（森厳）。

椿	☒ツバキ。◎想像上の霊木の大椿（たいちん）。
横	☒よこ。◎よこたわる。よこざまに。
欠	☒かける。◎あくび。（欠けるは「缺」）
残	☒のこる。◎すたれる。そこなわれる。
沢	☒さわ。◎湿地帯。
沖	☒海。湖の岸から遠く離れた水上。◎水が勢いよく湧き上がる。上に昇る。穏やかだ。
港	☒みなと。◎河川の支流。水路。
滝	☒華厳の滝などの滝。◎早瀬。急流。
漸	☒ようやく。やっと。◎段段と。次第に（漸進・漸増）。
潔	☒いさぎよい。◎清潔。
灘	☒なだ（玄界灘・遠州灘）。◎瀬。早瀬。
爺	☒じいさん。◎父の俗称。主人。
狸	☒たぬき。◎山猫。野生の猫。
田	☒たんぼ。水田。◎たはた。耕作地の総称。
町	☒まち。市街。◎畑のうね。田のあぜ。境界。
畳	☒たたみ。◎かさねる。

眠	☒死ぬ。◎ねむる。ねむり。
瞬	☒星がまたたく。◎瞬間。極めて短い時間。
祝	☒いわう。めでたいことをよろこぶ。◎神にいのる。
祭	☒記念や祝賀のための催し。◎神仏や祖先をまつること。祭祀。
私	☒わたし（一人称）。◎個人的に。ひそかに。えこひいきする。
程	☒ほど。◎行程。
稼	☒かせぐ。◎穀物を植え付ける。
空	☒（「空」単独で使う場合）そら。◎空虚。空っぽ。空間。
絆	☒きずな。◎つなぎ止める。
缶	☒食料・飲料を密閉して保存する金属の容器。◎ほとぎ（かめの一種）。素焼きの楽器。
芝	☒芝生。◎霊芝（れいし）。マンネンタケ。
若	☒わかい。◎もし。ごとし。なんじ。
苺	☒いちご。◎こけ（苺苔）。
荷	☒荷物。◎ハス。になう。

菓	☒菓子。◎「果」の異体字。果物。
薄	☒ススキ。◎うすい。せまる。くさむら。
裏	☒うら。◎うち。中。
訳	☒わけ。◎翻訳する。他の言葉に置き換える。
詣	☒詣でる。初詣。◎いたる。学問や知識が深い。
谺	☒こだま。◎谷が奥深いさま。
豊	☒ゆたか。◎豊作。穀物の豊かな実り。
輪	☒花の大きさ。花を数える語。◎車輪（のように丸いもの）。車。
遊	☒あそぶ。◎出歩く。歩き回る。
里	☒実家。◎村里。道のりの単位。
闌	☒最高潮。◎終わる。終わりかかる。
雛	☒ひな人形。◎ひなどり。幼子。
霞	☒春霞などのかすみ。◎朝焼け。夕焼け。もや。
頃	☒ころ。◎短い時間。面積の単位。～するにいたる。
預	☒あずける。◎あらかじめ。
鬼	☒おに。◎霊魂。幽霊。

2 日本で作られた漢字（国字）

偲	（しのぶ）
働	（はたらく）
凧	（たこ）
凪	（なぎ）
凩	（こがらし）
匂	（におう）
塀	（へい）
峠	（とうげ）
拵	（こしらえる）
枡	（ます）
枠	（わく）
樫	（かし）
燵	（たつ）
畑	（はたけ）
笹	（ささ）
襷	（たすき）
躾	（しつけ）
込	（こめる）
辻	（つじ）
鯰	（なまず）
鰯	（いわし）
鱈	（たら）
鴫	（しぎ）
鵺	（ぬえ）
鶇	（つぐみ）

4 韻字一覧

漢詩創作ガイド

平声の韻目に属す漢字で、よく詩語に用いられるものを紹介します。押韻する字（＝韻字）の候補にしてください。複数の韻目に出てくる字は■で示しました。★付きの字は意味によっては仄声の字としても使われ、その場合は韻字にできません。漢和辞典等で意味を確認のうえ用いてください。

平声 上

1 東 東同銅桐筒童★中衷忠虫終戎崇弓躬宮融雄窮風
楓豊隆空公功工濛籠瓏紅鴻虹叢翁葱通蓬篷朧 2 冬 冬農
宗鍾鐘竜舂松容蓉庸封胸濃★重★従逢縫蹤峰蜂蛩恭凶溶
3 江 江窓邦缸★降双 4 支 支枝移★為垂★吹碑奇宜儀皮児離施知
馳池規危夷師姿遅亀眉悲之芝時詩棋旗辞詞期祠基疑
姫糸司葵医帷★思滋持随維卮慈★遺肌脂披嬉炊籬茲★差疲
茨卑★騎岐誰斯欺資飢衰涯颸尼推璃蛇梨 5 微 微薇暉輝囲
幃違菲妃飛非扉肥威祈畿機★幾磯稀希衣依帰 6 魚 魚漁初
書居裾車余★予輿鋤疎蔬虚廬諸除如墟★与 7 虞 虞愚娯隅無
蕪衢儒須株殊区軀朱珠符雛敷夫膚厨駒蒲湖壺弧孤姑
徒途図奴呼梧租炉蘇烏枯都需 8 斉 斉藜梨妻悽堤低題提
蹄啼鶏西棲迷泥渓携畦凄 9 佳 佳街釵崖階諧骸排懐埋斎
娃楷 10 灰 灰隈回徊槐梅媒雷催摧堆陪杯醅嵬開哀埃苔才
材財来萊栽哉台培 11 真 真因辛新薪晨辰臣人仁神親申伸
紳身賓浜隣鱗珍塵陳春津頻蘋銀巾民貧醇唇倫綸輪旬
均榛宸循峋★亀 12 文 文聞紋蚊雲氛分紛芬墳群裙君軍勤斤
筋勲薫曛醺濆 13 元 元原源園猿垣煩繁蕃翻暄喧言軒藩魂
温孫門尊樽存暾屯豚村盆奔論坤昏婚痕根恩昆 14 寒 寒韓
丹単安鞍★難餐灘壇★弾残干肝竿乾闌欄瀾蘭看丸端湍酸

攀 顔 蛮 般 頒 斑 班 寰 環 還 湾 関 刪 [15] **刪** 般 棺 嘆 ★漫 盤 寛 歓 巒 ★冠 ★観 官 団

眠 妍 巓 顛 年 田 憐 蓮 煙 絃 弦 賢 堅 天 箋 千 前 先 [1] **先** 平声 下 湲 閑 間 山 頑

船 旋 縁 川 宣 全 綿 ★便 偏 篇 連 蟬 禅 筵 延 然 燃 煎 銭 鮮 仙 遷 泉 懸 編 辺

樵 囂 潮 朝 霄 消 宵 僚 寥 跳 条 迢 簫 蕭 [2] **蕭** 乾 湲 翩 鵑 舷 ★伝 拳 権 円 専 鞭

★教 抄 嘲 茅 郊 交 巣 肴 [3] **肴** 飄 橋 腰 苗 瓢 標 飆 招 昭 謡 揺 遥 焼 橈 饒 蕉 嬌

波 ★和 戈 河 羅 多 歌 [5] **歌** 囂 ★労 逃 醪 騒 毛 高 曹 陶 号 濤 蒿 袍 桃 刀 毫 豪 [4] **豪**

車 砂 沙 華 茶 家 霞 花 麻 [6] **麻** 坡 魔 摩 婆 莎 痾 ★那 峨 他 磨 ★過 何 荷 蘿 娥 科

陽 [7] **陽** 叙 娃 爺 嘩 蛙 ★差 笳 嗟 加 誇 涯 奢 葩 叉 遮 鴉 紗 嘉 芽 邪 斜 瓜 蛇 牙

梁 觴 漿 方 床 秧 央 場 ★蔵 霜 涼 常 粧 塘 ★長 芳 房 王 張 章 堂 昌 光 郷 香 揚

疆 航 良 翔 棠 妨 ★行 荒 蒼 岡 康 腸 ★強 狂 郎 囊 坊 檣 嘗 忘 創 装 皇 黄 荘 娘

★更 庚 [8] **庚** 亡 昂 裳 当 傍 茫 忙 ★喪 綱 ★浪 廊 防 商 湯 傷 羊 ★量 洋 祥 桑 墻 ★将 糧

箏 争 桜 鶯 甍 耕 ★行 迎 鯨 笙 生 卿 兄 兵 栄 鳴 盟 明 驚 京 評 平 英 棚 横 羹

形 経 青 [9] **青** 瑩 嶸 傾 名 軽 ★正 征 声 程 誠 城 成 貞 纓 営 瀛 旌 晶 精 晴 情 清

[10] **蒸** 瞑 扃 蛍 萍 屏 瓶 溟 冥 汀 庁 聴 零 鈴 齢 霊 醒 腥 星 馨 丁 寧 停 庭 亭 型

藤 騰 朋 能 層 憎 曽 増 僧 灯 登 称 凝 徴 ★興 ★勝 升 昇 乗 縄 ★応 氷 陵 澄 懲 蒸

愁 捜 鳩 収 丘 疇 儔 柔 酬 舟 洲 州 周 秋 羞 牛 悠 遊 由 榴 留 流 憂 郵 尤 [11] **尤**

★沈 針 臨 林 尋 [12] **侵** ★不 欧 球 幽 溝 鉤 投 頭 楼 鷗 喉 侯 矛 眸 謀 浮 裘 求 囚 休

蚕 嵐 含 男 南 ★参 潭 覃 [13] **覃** ★参 森 ★禁 簪 岑 陰 音 金 襟 今 吟 衾 禽 琴 心 深 砧

凡 杉 衫 帆 岩 [15] **咸** 尖 炎 纖 髯 ★占 厳 嫌 簾 廉 簷 塩 [14] **塩** 藍 酣 三 甘 談 堪 龕 貪

第6章

漢詩創作ガイド

5 音訓から調べる平仄・韻目表

一一七六字の漢字について、比較的よく漢詩に用いられる場合の平仄と韻目を示します（韻目は平声の字のみ）。詩語を探す際や、検討中の詩語の平仄・韻目を確認する時などに活用してください。

配列は、各字の代表的な音訓によって五十音順に並べました。○は平声、●は仄声、△は平仄両用（平字・仄字のどちらにも使える）、「上」は上平声、「下」は下平声の意です。★付きの字は用法によって平仄・韻目に注意が必要な字ですから、漢和辞典等で平仄・韻目を再確認してください。

【あ行】

読み	漢字	平仄	韻目
ア	亜	●	
	鴉	○	下6麻
アイ	哀	○	上10灰
	愛	●	
あい	★相	○	下7陽
	藍	○	下13覃
あいだ	間	○	上15刪
あう	合	●	
	逢	○	上2冬
あお	青	○	下9青
あおぐ	仰	●	
あか	赤	●	
あかつき	暁	●	
あき	秋	○	下11尤
あきらか	明	○	下8庚
あげる	挙	●	
あさ	朝	○	下2蕭
	麻	○	下6麻
あさい	浅	●	
あざやか	鮮	○	下1先
あし	脚	●	
	足	●	
あじ	味	●	
あせ	汗	●	
あそぶ	遊	○	下11尤
あたえる	★与	●	
あたたかい	暖	●	
	温	○	上13元
あたま	頭	○	下11尤
あたる	★中	●	
	当	○	下7陽
アツ	圧	●	
あつい	暑	●	
	熱	●	
あつまる	集	●	
あと	痕	○	上13元
	跡	●	
あに	兄	○	下8庚
あま	尼	○	上4支
あまい	甘	○	下13覃
あまる	余	○	上6魚
あみ	網	●	
あめ	雨	●	
あや	彩	●	
あやまち	★過	●	
あゆむ	歩	●	
あらい	荒	○	下7陽
あらう	洗	●	
あらそう	争	○	下8庚
あらた	新	○	上11真
あらためる	改	●	
ある	在	●	
	有	●	
あわい	淡	●	
あわれむ	憐	○	下1先
アン	安	○	上14寒
	暗	●	
	杏	●	
	案	●	
イ	以	●	
	依	○	上5微
	倚	●	
	医	○	上4支
	囲	○	上5微
	威	○	上5微
	已	●	
	意	●	
	慰	●	
	★易	●	
	★為	○	上4支
		●	
	異	●	
	移	○	上4支
	★蛇	○	上4支
	衣	○	上5微
	違	○	上5微
	★遺	○	上4支
		●	
い	井	●	
いう	言	○	上13元
いえ	家	○	下6麻
イキ	域	●	
いきおい	勢	●	
いきる	生	○	下8庚
いく	★幾	●	
いけ	池	○	上4支
いし	石	●	
いずみ	泉	○	下1先
いそがしい	忙	○	下7陽
いただき	頂	●	
いたる	至	●	
イチ	一	●	
いち	市	●	
イツ	逸	●	
いと	糸	○	上4支
いなや	★不	○	下11尤
いぬ	犬	●	
いね	稲	●	
いま	今	○	下12侵
いる	射	●	
いろ	色	●	
イン	印	●	
	因	○	上11真
	引	●	
	院	●	
	陰	○	下12侵
	隠	●	
	音	○	下12侵
	韻	●	
	飲	●	
ウ	宇	●	
	烏	○	上7虞
	羽	●	
	雨	●	
うえ	上	●	
うお	魚	○	上6魚
うかぶ	泛	●	
	浮	○	下11尤
うぐいす	鶯	○	下8庚
うける	受	●	
	承	○	下10蒸
うごく	動	●	
うし	牛	○	下11尤
うしなう	失	●	
うすい	薄	●	
うた	歌	○	下5歌
うたがう	疑	○	上4支
うち	★中	○	上1東
	内	●	
ウツ	鬱	●	
うつくしい	美	●	
うつす	写	●	
うつる	移	○	上4支
うま	馬	●	
うまれる	生	○	下8庚
うみ	海	●	
うめ	梅	○	上10灰
うめる	埋	○	上9佳
うら	浦	●	
うらむ	怨	●	
	恨	●	
うらやむ	羨	●	
うる	売	●	
うるわしい	麗	●	
うれえる	愁	○	下11尤
	憂	○	下11尤
ウン	運	●	
	雲	○	上12文
エイ	営	○	下8庚
	影	●	
	映	●	
	栄	○	下8庚
	永	●	
	英	○	下8庚
	詠	●	
エキ	★易	●	
	益	●	
	駅	●	
えだ	枝	○	上4支
エツ	越	●	
えり	襟	○	下12侵
える	得	●	
エン	円	○	下1先
	園	○	上13元
	宴	●	
	怨	●	
	炎	○	下14塩
	煙	○	下1先
	燕	●	
	猿	○	上13元
	筵	○	下1先
	簷	○	下14塩
	縁	○	下1先

読み	漢字	平仄	韻目
	艶	●	
	遠	●	
お	尾	●	
おいる	老	●	
オウ	往	●	
	★応	○	下10蒸
		△	
	桜	○	下8庚
	横	○	下8庚
	王	○	下7陽
	翁	○	上1東
	鶯	○	下8庚
	鷗	○	下11尤
	黄	○	下7陽
おう	負	●	
	追	○	上4支
おうぎ	扇	●	
おおい	多	○	下5歌
おおやけ	公	○	上1東
おか	丘	○	下11尤
おきる	起	●	
オク	屋	●	
	憶	●	
おくる	贈	●	
	送	●	
おくれる	遅	○	上4支
おこなう	★行	○	下8庚
おこる	★興	○	下10蒸
おさ	★長	●	
おさめる	収	○	下11尤
	修	○	下11尤
	納	●	
おしえる	★教	○	下3肴
おしむ	惜	●	
おそい	遅	○	上4支
おちる	落	●	
おっと	夫	○	上7虞
おと	音	○	下12侵
おとうと	弟	●	
おとろえる	衰	○	上4支
おどろく	驚	○	下8庚
おなじ	同	○	上1東
おのおの	各	●	

読み	漢字	平仄	韻目
おび	帯	●	
おぼえる	覚	●	
おもい	★思	●	
	★重	●	
おもう	★思	○	上4支
	想	●	
おもむき	趣	●	
おや	親	○	上11真
およぶ	及	●	
おりる	下	●	
	★降	●	
おる	折	●	
	織	●	
おわる	終	○	上1東
オン	恩	○	上13元
	温	○	上13元
	音	○	下12侵
おんな	女	●	

【か行】

読み	漢字	平仄	韻目
カ	下	●	
	化	●	
	何	○	下5歌
	佳	○	上9佳
	加	○	下6麻
	可	●	
	夏	●	
	家	○	下6麻
	果	●	
	架	●	
	歌	○	下5歌
	河	○	下5歌
	火	●	
	花	○	下6麻
	★荷	○	下5歌
		●	
	華	○	下6麻
	★過	△	下5歌
		●	
	霞	○	下6麻
ガ	画	●	
	我	●	
	牙	○	下6麻
	瓦	●	

読み	漢字	平仄	韻目
	芽	○	下6麻
	臥	●	
	賀	●	
	雅	●	
カイ	会	●	
	回	○	上10灰
	快	●	
	怪	●	
	懐	○	上9佳
	改	●	
	海	●	
	灰	○	上10灰
	皆	○	上9佳
	解	●	
	開	○	上10灰
	階	○	上9佳
ガイ	外	●	
	崖	○	上9佳
	★涯	○	上4支 上9佳 下6麻
	蓋	●	
かいこ	蚕	○	下13覃
かえりみる	顧	●	
かえる	帰	○	上5微
かお	顔	○	上15刪
かおり	香	○	下7陽
かおる	薫	○	上12文
かがみ	鏡	●	
かがやく	輝	○	上5微
かぎる	限	●	
カク	画	●	
	各	●	
	覚	●	
	角	●	
	郭	●	
	閣	●	
	隔	●	
かく	書	○	上6魚
ガク	学	●	
	岳	●	
	★楽	●	
かげ	影	●	

読み	漢字	平仄	韻目
	陰	○	下12侵
かける	懸	○	下1先
	掛	●	
	駆	○	上7虞
かさねる	★重	○	上2冬
かず	数	●	
かぜ	風	○	上1東
かたい	★難	○	上14寒
かたむく	傾	○	下8庚
かたる	語	●	
かたわら	傍	○	下7陽
かつ	且	●	
	★勝	●	
ガッ	合	●	
ガツ	月	●	
かなしい	悲	○	上4支
かなでる	奏	●	
かね	金	○	下12侵
	鐘	○	上2冬
かぶ	株	○	上7虞
かべ	壁	●	
かみ	神	○	上11真
	紙	●	
	髪	●	
かみなり	雷	○	上10灰
かめ	★亀	○	上4支
かもす	醸	●	
かもめ	鷗	○	下11尤
かや	茅	○	下3肴
からい	辛	○	上11真
からす	烏	○	上7虞
	鴉	○	下6麻
かるい	軽	○	下8庚
かれる	枯	○	上7虞
かわ	川	○	下1先
	河	○	下5歌
かわく	★乾	○	上14寒
かわら	瓦	●	
かわる	代	●	
	変	●	
カン	★乾	○	上14寒
	★冠	○	上14寒
		●	

読み	漢字	平仄	韻目
	勧	●	
	喚	●	
	堪	○	下13覃
	官	○	上14寒
	寒	○	上14寒
	寛	○	上14寒
	巻	●	
	干	○	上14寒
	感	●	
	肝	○	上14寒
	歓	○	上14寒
	汗	●	
	漢	●	
	澗	●	
	環	○	上15刪
	甘	○	下13覃
	看	△	上14寒
	管	●	
	艦	●	
	★観	△	上14寒
		●	
	還	○	上15刪
	間	○	上15刪
	閑	○	上15刪
	関	○	上15刪
	韓	○	上14寒
	館	●	
ガン	元	○	上13元
	含	○	下13覃
	岸	●	
	岩	○	下15咸
	眼	●	
	雁	●	
	頑	○	上15刪
	顔	○	上15刪
かんばしい	芳	○	下7陽
	香	○	下7陽
かんむり	冠	○	上14寒
キ	危	○	上4支
	喜	●	
	奇	○	上4支
	季	●	
	寄	●	

読み	漢字	平仄	韻目
	帰	○	上5微
	★幾	○	上5微
		●	
	揮	○	上5微
	旗	○	上4支
	暉	○	上5微
	期	○	上4支
	機	○	上5微
	気	●	
	稀	○	上5微
	紀	●	
	綺	●	
	記	●	
	貴	●	
	起	●	
	輝	○	上5微
	★騎	○	上4支
		●	
	鬼	●	
	★亀	○	上4支
き	木	●	
ギ	宜	○	上4支
	黄	○	下7陽
	戯	●	
	疑	○	上4支
	義	●	
きえる	消	○	下2蕭
キク	菊	●	
きく	聞	○	上12文
	聴	△	下9青
きし	岸	●	
きず	傷	○	下7陽
きた	北	●	
きば	牙	○	下6麻
きびしい	厳	○	下14塩
きみ	君	○	上12文
きめる	決	●	
キャク	却	●	
	客	●	
	脚	●	
キュウ	丘	○	下11尤
	久	●	
	及	●	

九 ●
休 ○ 下11尤
宮 ○ 上1東
弓 ○ 上1東
急 ●
旧 ●
朽 ●
求 ○ 下11尤
窮 ○ 上1東

ギュウ
牛 ○ 下11尤

キョ
去 ●
居 ○ 上6魚
挙 ●
虚 ○ 上6魚

ギョ
御 ●
漁 ○ 上6魚
魚 ○ 上6魚

きよい
清 ○ 下8庚

キョウ
京 ○ 下8庚
供 △ 上2冬
共 ●
境 ●
峡 ●
★強 ○ 下7陽
●
★教 ○ 下3肴
●
胸 ○ 上2冬
杏 ●
橋 ○ 下2蕭
狂 ○ 下7陽
競 ●
経 ○ 下9青
★興 ○ 下10蒸
●
郷 ○ 下7陽
鏡 ●
響 ●
驚 ○ 下8庚

ギョウ
仰 ●
凝 ○ 下10蒸
★行 ○ 下7陽
下8庚

暁 ●
業 ●

キョク
曲 ●
極 ●

ギョク
玉 ●

きり
霧 ●

きる
切 ●
着 ●

キン
今 ○ 下12侵
勤 ○ 上12文
巾 ○ 上11真
琴 ○ 下12侵
★禁 ○ 下12侵
●
禽 ○ 下12侵
襟 ○ 下12侵
近 ●
金 ○ 下12侵
錦 ●
★亀 ○ 上11真

ギン
吟 ○ 下12侵
銀 ○ 上11真

ク
九 ●
供 △ 上2冬
句 ●
苦 ●
駆 ○ 上7虞

クウ
空 ○ 上1東

グウ
偶 ●
宮 ○ 上1東
遇 ●
隅 ○ 上7虞

くさ
草 ●

くすり
薬 ●

くだる
下 ●

★降 ○ 上3江

くち
口 ●

くに
国 ●

くま
熊 ○ 上1東

くむ
酌 ●

くも
雲 ○ 上12文

くら
★蔵 ●

くらい
暗 ●

くらべる
比 ●

くる
来 ○ 上10灰

くるう
狂 ○ 下7陽

くるしい
苦 ●

くるま
★車 ○ 上6魚
下6麻

くれない
紅 ○ 上1東

くれる
暮 ●

くろ
黒 ●

くわ
桑 ○ 下7陽

くわえる
加 ○ 下6麻

クン
君 ○ 上12文
勲 ○ 上12文
薫 ○ 上12文
訓 ●

グン
群 ○ 上12文
軍 ○ 上12文
郡 ●

け
毛 ○ 下4豪

ゲ
下 ●

ケイ
京 ○ 下8庚
傾 ○ 下8庚
兄 ○ 下8庚
径 ●
恵 ●
携 ○ 上8斉
景 ●
桂 ●
渓 ○ 上8斉
競 ●
経 ○ 下9青
蛍 ○ 下9青
計 ●
軽 ○ 下8庚
鶏 ○ 上8斉

ゲイ
芸 ●
迎 ○ 下8庚

ゲキ
激 ●

ケツ
決 ●
結 ●
血 ●

ゲツ
月 ●

けむり
煙 ○ 下1先

けわしい
険 ●

ケン
★乾 ○ 下1先
健 ●
剣 ●
喧 ○ 上13元
建 ●
懸 ○ 下1先
犬 ●
献 ●
見 ●
賢 ○ 下1先
軒 ○ 上13元
険 ●

ゲン
元 ○ 上13元
原 ○ 上13元
厳 ○ 下14塩
弦 ○ 下1先
源 ○ 上13元
玄 ○ 下1先
絃 ○ 下1先
言 ○ 上13元
限 ●

コ
古 ●
呼 ○ 上7虞
孤 ○ 上7虞
戸 ●
故 ●
胡 ○ 上7虞
枯 ○ 上7虞
湖 ○ 上7虞
虎 ●
顧 ●
鼓 ●

こ
子 ●

ゴ
五 ●
午 ●
呉 ○ 上7虞
吾 ○ 上7虞
後 ●
御 ●
語 ●

こい
濃 ○ 上2冬

コウ
交 ○ 下3肴

侯 ○ 下11尤
候 ●
光 ○ 下7陽
公 ○ 上1東
功 ○ 上1東
口 ●
向 ●
好 ●
孔 ●
工 ○ 上1東
巧 ●
幸 ●
康 ○ 下7陽
★行 ○ 下7陽
下8庚
後 ●
★更 ○ 下8庚
●
江 ○ 上3江
港 ●
甲 ●
皇 ○ 下7陽
紅 ○ 上1東
孝 ●
耕 ○ 下8庚
★興 ○ 下10蒸
●
荒 ○ 下7陽
講 ●
郊 ○ 下3肴
★降 ○ 上3江
●
香 ○ 下7陽
高 ○ 下4豪
黄 ○ 下7陽

こう
乞 ●

ゴウ
合 ●
豪 ○ 下4豪

こえ
声 ○ 下8庚

こえる
肥 ○ 上5微

こおり
氷 ○ 下10蒸

こおる
凍 ●

コク
国 ●

谷 ●
黒 ●

こけ
苔 ○ 上10灰

こころ
心 ○ 下12侵

こころざし
志 ●

こころみる
試 ●

こし
腰 ○ 下2蕭

こたえる
★応 △ 下10蒸

コツ
骨 ●

こと
事 ●
琴 ○ 下12侵

ことなる
異 ●

ことに
殊 ○ 上7虞

こな
粉 ●

このむ
好 ●

こめ
米 ●

こよみ
暦 ●

こる
凝 ○ 下10蒸

これ
此 ●

ころす
殺 ●

ころも
衣 ○ 上5微

コン
今 ○ 下12侵
恨 ●
昏 ○ 上13元
根 ○ 上13元
痕 ○ 上13元
魂 ○ 上13元

ゴン
言 ○ 上13元

【さ行】

サ
沙 ○ 下6麻
茶 ○ 下6麻
鎖 ●

ザ
座 ●

サイ
催 ○ 上10灰
再 ●
★塞 ●
彩 ●
才 ○ 上10灰
採 ●
最 ●
歳 ●
済 ●
祭 ●

読み	漢字	平仄	韻目
	細	●	
	菜	●	
	載	●	
	際	●	
	斎	○	上9佳
ザイ	在	●	
さいわいに	幸	●	
さかえる	栄	○	下8庚
さがす	探	△	下13覃
さかずき	杯	○	上10灰
さかな	魚	○	上6魚
さかん	★盛	●	
さき	先	○	下1先
サク	作	●	
	昨	●	
	策	●	
	索	●	
さくら	桜	○	下8庚
さけ	酒	●	
さける	避	●	
ささえる	支	○	上4支
さす	指	●	
さだめる	定	●	
サツ	殺	●	
ザツ	雑	●	
さむい	寒	○	上14寒
さめる	覚	●	
さらに	★更	●	
さる	去	●	
	猿	○	上13元
さわやか	爽	●	
サン	三	○	下13覃
	★参	○	下13覃
	山	○	上15刪
	惨	●	
	散	●	
	蚕	○	下13覃
	酸	○	上14寒
ザン	惨	●	
	暫	●	
	残	○	上14寒
シ	使	●	
	史	●	

読み	漢字	平仄	韻目
	四	●	
	士	●	
	始	●	
	姿	○	上4支
	子	●	
	市	●	
	師	○	上4支
	志	●	
	★思	○	上4支
		●	
	指	●	
	支	○	上4支
	枝	○	上4支
	此	●	
	死	●	
	糸	○	上4支
	紙	●	
	紫	●	
	至	●	
	詞	○	上4支
	詩	○	上4支
	試	●	
	歯	●	
ジ	事	●	
	似	●	
	侍	●	
	児	○	上4支
	字	●	
	寺	●	
	慈	○	上4支
	持	○	上4支
	時	○	上4支
	滋	○	上4支
	爾	●	
	耳	●	
	自	●	
	辞	○	上4支
しいる	★強	●	
しお	潮	○	下2蕭
しか	鹿	●	
シキ	色	●	
	識	●	
しずか	静	●	

読み	漢字	平仄	韻目
しずく	滴	●	
しずむ	★沈	○	下12侵
した	下	●	
	舌	●	
したがう	★従	○	上2冬
したしい	親	○	上11真
したたる	滴	●	
シチ	七	●	
シツ	失	●	
	室	●	
	湿	●	
	疾	●	
ジツ	日	●	
しま	島	●	
しむ	★令	○	下8庚
	使	●	
	★教	○	下3肴
しも	霜	○	下7陽
シャ	舎	●	
	写	●	
	射	●	
	斜	○	下6麻
	社	●	
	者	●	
	謝	●	
	★車	○	上6魚
			下6麻
ジャ	蛇	○	下6麻
シャク	尺	●	
	酌	●	
	釈	●	
	寂	●	
ジャク	弱	●	
	若	●	
シュ	主	●	
	取	●	
	守	●	
	手	●	
	朱	○	上7虞
	殊	○	上7虞
	珠	○	上7虞
	種	●	
	趣	●	

読み	漢字	平仄	韻目
	酒	●	
	首	●	
ジュ	儒	○	上7虞
	受	●	
	寿	●	
	樹	●	
シュウ	収	○	下11尤
	周	○	下11尤
	宗	○	上2冬
	就	●	
	州	○	下11尤
	修	○	下11尤
	愁	○	下11尤
	洲	○	下11尤
	秀	●	
	秋	○	下11尤
	終	○	上1東
	舟	○	下11尤
	衆	●	
	袖	●	
	酬	○	下11尤
	集	●	
ジュウ	住	●	
	十	●	
	★従	○	上2冬
		●	
	柔	○	下11尤
	★縦	○	上2冬
		●	
	★重	○	上2冬
		●	
シュク	宿	●	
	淑	●	
ジュク	熟	●	
シュツ	出	●	
シュン	旬	○	上11真
	春	○	上11真
	旬	○	上11真
ジュン	潤	●	
ショ	処	●	
	初	○	上6魚
	所	●	
	書	○	上6魚

読み	漢字	平仄	韻目
	暑	●	
	諸	○	上6魚
ジョ	女	●	
	如	○	上6魚
	除	○	上6魚
ショウ	商	○	下7陽
	傷	○	下7陽
	★勝	○	下10蒸
		●	
	唱	●	
	宵	○	下2蕭
	★将	○	下7陽
		●	
	小	●	
	少	●	
	尚	●	
	床	○	下7陽
	衝	○	上2冬
	承	○	下10蒸
	掌	●	
	招	○	下2蕭
	松	○	上2冬
	★正	○	下8庚
		●	
	消	○	下2蕭
	渉	●	
	焼	○	下2蕭
	照	●	
	生	○	下8庚
	省	●	
	★相	○	下7陽
		●	
	祥	○	下7陽
	★称	○	下10蒸
		●	
	章	○	下7陽
	笑	●	
	粧	○	下7陽
	蕭	○	下2蕭
	觴	○	下7陽
	象	●	
	賞	●	
	蹤	○	上2冬

読み	漢字	平仄	韻目
	鐘	○	上2冬
ジョウ	上	●	
	丈	●	
	乗	○	下10蒸
	城	○	下8庚
	場	○	下7陽
	常	○	下7陽
	情	○	下8庚
	条	○	下2蕭
	杖	●	
	浄	●	
	畳	●	
	蒸	○	下10蒸
	醸	●	
ショク	燭	●	
	織	●	
	色	●	
	食	●	
しらべ	★調	●	
しらべる	★調	○	下2蕭
しりぞく	退	●	
しる	知	○	上4支
しるし	印	●	
しるす	記	●	
しろ	城	○	下8庚
	白	●	
シン	信	●	
	★参	○	下12侵
	寝	●	
	心	○	下12侵
	新	○	上11真
	晨	○	上11真
	森	○	下12侵
	★沈	●	
	津	○	上11真
	深	○	下12侵
	真	○	上11真
	神	○	上11真
	臣	○	上11真
	親	○	上11真
	身	○	上11真
	辛	○	上11真
	針	○	下12侵

読み	字	平仄	韻
	震	●	
ジン	人	○	上11真
	仁	○	上11真
	塵	○	上11真
	尋	○	下12侵
	尽	●	
	神	○	上11真
	陣	●	
ス	須	○	上7虞
す	巣	○	下3肴
	洲	○	下11尤
ズ	図	○	上7虞
ず	★不	●	
スイ	吹	○	上4支
	垂	○	上4支
	水	●	
	炊	○	上4支
	睡	●	
	翠	●	
	衰	○	上4支
	酔	●	
ズイ	随	○	上4支
スウ	数	●	
すがた	姿	○	上4支
すぎ	杉	○	下15咸
すぎる	★過	△	下5歌
すくない	少	●	
すずしい	涼	○	下7陽
すすめる	勧	●	
	薦	●	
すだれ	簾	○	下14塩
すべて	全	○	下1先
すみ	墨	●	
すむ	住	●	
	棲	○	上8斉
	澄	○	下10蒸
すわる	座	●	
スン	寸	●	
セ	世	●	
せ	背	●	
ぜ	是	●	
セイ	世	●	
	井	●	
	凄	○	上8斉
	勢	●	
	声	○	下8庚
	姓	●	
	征	○	下8庚
	性	●	
	成	○	下8庚
	政	●	
	星	○	下9青
	晴	○	下8庚
	棲	○	上8斉
	★正	○●	下8庚
	清	○	下8庚
	生	○	下8庚
	★盛	○●	下8庚
	省	●	
	精	○	下8庚
	聖	●	
	西	○	上8斉
	逝	●	
	醒	△	下9青
	霽	●	
	青	○	下9青
	静	●	
	斉	○	上8斉
セキ	夕	●	
	席	●	
	惜	●	
	昔	●	
	石	●	
	積	●	
	赤	●	
	跡	●	
せき	関	○	上15刪
セツ	切	●	
	折	●	
	接	●	
	節	●	
	説	●	
	雪	●	
ゼツ	絶	●	
	舌	●	
せみ	蝉	○	下1先
セン	仙	○	下1先
	先	○	下1先
	千	○	下1先
	川	○	下1先
	戦	●	
	扇	●	
	旋	○	下1先
	染	●	
	泉	○	下1先
	浅	●	
	洗	●	
	繊	○	下14塩
	羨	●	
	船	○	下1先
	薦	●	
	蝉	○	下1先
	遷	○	下1先
	銭	○	下1先
	鮮	○	下1先
ゼン	全	○	下1先
	前	○	下1先
	膳	●	
	漸	●	
	然	○	下1先
	禅	○	下1先
ソ	曽	○	下10蒸
	楚	●	
	疎	○	上6魚
	祖	●	
	素	●	
ソウ	争	○	下8庚
	僧	○	下10蒸
	双	○	上3江
	叢	○	上1東
	壮	●	
	奏	●	
	宗	○	上2冬
	巣	○	下3肴
	層	○	下10蒸
	想	●	
	挿	●	
	掃	●	
	早	●	
	曹	○	下4豪
	桑	○	下7陽
	爽	●	
	痩	●	
	★相	○●	下7陽
	窓	○	上3江
	総	●	
	草	●	
	荘	○	下7陽
	蒼	○	下7陽
	藻	●	
	走	●	
	送	●	
	霜	○	下7陽
ゾウ	増	○	下10蒸
	★蔵	○●	下7陽
	象	●	
	贈	●	
そえる	添	○	下14塩
ソク	★塞	●	
	息	●	
	束	●	
	足	●	
ゾク	俗	●	
	属	●	
そこ	底	●	
そで	袖	●	
そと	外	●	
その	園	○	上13元
そむく	背	●	
そめる	染	●	
ソン	存	○	上13元
	孫	○	上13元
	尊	○	上13元
	村	○	上13元
	樽	○	上13元
ゾン	存	○	上13元
【た行】			
タ	他	○	下5歌
	多	○	下5歌
	太	●	
た	田	○	下1先
タイ	代	●	
	台	○	上10灰
	大	●	
	太	●	
	対	●	
	帯	●	
	待	●	
	態	●	
	滞	●	
	苔	○	上10灰
	退	●	
ダイ	代	●	
	台	○	上10灰
	大	●	
	第	●	
	題	○	上8斉
たいら	平	○	下8庚
たえる	★勝	○	下10蒸
	堪	○	下13覃
	絶	●	
たおれる	倒	●	
たかい	高	○	下4豪
たがやす	耕	○	下8庚
たから	宝	●	
タク	宅	●	
	沢	●	
ダク	濁	●	
たくみ	巧	●	
たけ	竹	●	
たずさえる	携	○	上8斉
たずねる	尋	○	下12侵
	訪	●	
たたかう	戦	●	
ただしい	★正	●	
タツ	達	●	
たつ	断	●	
	立	●	
ダツ	脱	●	
たて	★縦	●	
たてまつる	奉	●	
たてる	建	●	
たに	谷	●	
たね	種	●	
たのしむ	★楽	●	
たば	束	●	
たび	旅	●	
たま	★弾	●	
	玉	●	
たましい	魂	○	上13元
たみ	民	○	上11真
ため	★為	●	
たりる	足	●	
たる	樽	○	上13元
だれ	誰	○	上4支
たれる	垂	○	上4支
タン	丹	○	上14寒
	嘆	△	上14寒
	単	○	上14寒
	探	△	下13覃
	旦	●	
	胆	●	
	淡	●	
	短	●	
	端	○	上14寒
ダン	団	○	上14寒
	壇	○	上14寒
	★弾	○●	上14寒
	断	●	
	暖	●	
	談	○	下13覃
チ	地	●	
	池	○	上4支
	知	○	上4支
	遅	○	上4支
ち	血	●	
ちかい	近	●	
チク	竹	●	
	逐	●	
ちち	乳	●	
	父	●	
チャ	茶	○	下6麻
チャク	着	●	

読み	漢字	平仄	韻目
チュウ	★中	○●	上1東
	忠	○	上1東
	昼	●	
	柱	●	
	虫	○	上1東
	駐	●	
チョウ	丁	○	下9青
	嘲	○	下3肴
	帳	●	
	弔	●	
	張	○	下7陽
	徴	○	下10蒸
	朝	○	下2蕭
	腸	○	下7陽
	潮	○	下2蕭
	澄	○	下10蒸
	聴	△	下9青
	蝶	●	
	★調	○●	下2蕭
	★重	○●	上2冬
	釣	●	
	★長	○●	下7陽
	頂	●	
	鳥	●	
チョク	直	●	
ちり	塵	○	上11真
ちる	散	●	
チン	沈	○	下12侵
	珍	○	上11真
つ	津	○	上11真
ツイ	墜	●	
	対	●	
	追	○	上4支
ツウ	通	○	上1東
つえ	杖	●	
つかう	使	●	
つき	月	●	
つく	就	●	
	着	●	
つくす	尽	●	
つくる	作	●	
つたえる	伝	○	下1先
つち	土	●	
つつみ	堤	○	上8斉
つとめる	勤	○	上12文
つね	常	○	下7陽
つの	角	●	
つばさ	翼	●	
つばめ	燕	●	
つめたい	冷	●	
つや	艶	●	
つゆ	露	●	
つよい	★強	○	下7陽
つら	面	●	
つらなる	連	○	下1先
つり	釣	●	
つる	鶴	●	
て	手	●	
テイ	丁	○	下9青
	亭	○	下9青
	低	○	上8斉
	停	○	下9青
	啼	○	上8斉
	堤	○	上8斉
	定	●	
	帝	●	
	底	●	
	庭	○	下9青
	弟	●	
	提	○	上8斉
	程	○	下8庚
	艇	●	
	貞	○	下8庚
デイ	泥	○	上8斉
テキ	敵	●	
	滴	●	
	笛	●	
テツ	徹	●	
	鉄	●	
てら	寺	●	
てらす	照	●	
でる	出	●	
テン	典	●	
	天	○	下1先
	展	●	
	店	●	
	添	○	下14塩
	点	●	
	転	●	
デン	伝	○	下1先
	殿	●	
	田	○	下1先
	電	●	
ト	吐	●	
	図	○	上7虞
	徒	○	上7虞
	斗	●	
	杜	●	
	渡	●	
	登	○	下10蒸
	途	○	上7虞
	都	○	上7虞
と	戸	●	
ド	土	●	
	度	●	
トウ	倒	●	
	凍	●	
	刀	○	下4豪
	到	●	
	塔	●	
	冬	○	上2冬
	当	○	下7陽
	島	●	
	投	○	下11尤
	東	○	上1東
	桃	○	下4豪
	湯	○	下7陽
	灯	○	下10蒸
	登	○	下10蒸
	稲	●	
	藤	○	下10蒸
	豆	●	
	踏	●	
	陶	○	下4豪
	頭	○	下11尤
	騰	○	下10蒸
とう	問	●	
ドウ	同	○	上1東
	動	●	
	堂	○	下7陽
	洞	●	
	童	○	上1東
	道	●	
	銅	○	上1東
とうとい	尊	○	上13元
	貴	●	
とおい	遠	●	
とおる	通	○	上1東
とき	時	○	上4支
トク	得	●	
	徳	●	
とく	説	●	
ドク	独	●	
	読	●	
ところ	所	●	
とし	年	○	下1先
	歳	●	
とじる	閉	●	
とどこおる	滞	●	
ととのう	★調	○	下2蕭
となり	隣	○	上11真
とびら	扉	○	上5微
とぶ	飛	○	上5微
とむらう	弔	●	
とめる	留	○	下11尤
とも	友	●	
ともしび	灯	○	下10蒸
ともなう	伴	●	
とら	虎	●	
とり	鳥	●	
とる	取	●	
	採	●	
どろ	泥	○	上8斉
ドン	嫩	●	

【な行】

読み	漢字	平仄	韻目
ナ	奈	●	
	那	○●	下5歌
な	名	○	下8庚
	菜	●	
ナイ	内	●	
なえ	苗	○	下2蕭
なか	★中	○	上1東
ながい	永	●	
	★長	○	下7陽
なかば	半	●	
ながれる	流	○	下11尤
なく	啼	○	上8斉
	鳴	○	下8庚
なぐさめる	慰	●	
なげく	嘆	△	上14寒
なげる	投	○	下11尤
なし	★梨	○	上4支
			上8斉
	無	○	上7虞
	莫	●	
なす	成	○	下8庚
	★為	○	上4支
なつ	夏	●	
なな	七	●	
ななめ	斜	○	下6麻
なに	何	○	下5歌
なみ	波	○	下5歌
	浪	●	
なみだ	涙	●	
なる	★為	○	上4支
ナン	南	○	下13覃
	★難	○●	上14寒
ニ	二	●	
	尼	○	上4支
に	★荷	●	
ニク	肉	●	
にごる	濁	●	
にし	西	○	上8斉
にじ	虹	○	上1東
にしき	錦	●	
ニチ	日	●	
ニュウ	乳	●	
	入	●	
ニョ	女	●	
にる	如	○	上6魚
	似	●	
にわ	庭	○	下9青
にわとり	鶏	○	上8斉
ニン	人	○	上11真
	★任	○●	下12侵
ぬぐ	脱	●	
ぬし	主	●	
ぬの	布	●	
ね	根	○	上13元
ネイ	寧	○	下9青
ねぎらう	★労	●	
ネツ	熱	●	
ねむる	眠	○	下1先
ネン	年	○	下1先
	念	●	
	然	○	下1先
の	野	●	
ノウ	能	○	下10蒸
	濃	○	上2冬
	納	●	
	農	○	上2冬
のき	軒	○	上13元
のせる	載	●	
のぞく	除	○	上6魚
のぞむ	望	●	
	臨	○	下12侵
のち	後	●	
のぼる	上	●	
	登	○	下10蒸
のむ	飲	●	
のる	乗	○	下10蒸

【は行】

読み	漢字	平仄	韻目
ハ	把	●	
	波	○	下5歌
	破	●	
	覇	●	
は	葉	●	
	歯	●	
バ	馬	●	
ば	場	○	下7陽
ハイ	廃	●	

読み	漢字	平仄	韻
	拝	●	
	敗	●	
	背	●	
	杯	○	上10灰
はい	灰	○	上10灰
バイ	売	●	
	梅	○	上10灰
	陪	○	上10灰
はいる	入	●	
はか	墓	●	
はかる	図	○	上7虞
	計	●	
ハク	伯	●	
	泊	●	
	白	●	
	薄	●	
はく	吐	●	
	掃	●	
バク	幕	●	
	漠	●	
	莫	●	
	麦	●	
はし	橋	○	下2蕭
	端	○	上14寒
はじめ	初	○	上6魚
はじめる	始	●	
はしら	柱	●	
はしる	走	●	
はす	★荷	○	下5歌
	蓮	○	下1先
はた	旗	○	上4支
ハチ	八	●	
はち	蜂	○	上2冬
ハツ	発	●	
	髪	●	
バツ	伐	●	
はな	花	○	下6麻
	華	○	下6麻
はなし	話	●	
はなつ	放	●	
はなれる	離	○	上4支
はね	羽	●	
はは	母	●	

読み	漢字	平仄	韻
はま	浜	○	上11真
はやい	早	●	
はやし	林	○	下12侵
はら	原	○	上13元
	腹	●	
はらう	払	●	
はり	針	○	下12侵
はる	張	○	下7陽
	春	○	上11真
はるか	遥	○	下2蕭
はれる	晴	○	下8庚
	霽	●	
ハン	伴	●	
	半	●	
	帆	○	下15咸
	斑	○	上15刪
	泛	●	
	煩	○	上13元
	班	○	上15刪
	畔	●	
	繁	○	上13元
	飯	●	
バン	万	●	
	伴	●	
	晩	●	
	盤	○	上14寒
ヒ	悲	○	上4支
	扉	○	上5微
	披	○	上4支
	肥	○	上5微
	比	●	
	碑	○	上4支
	罷	●	
	避	●	
	非	○	上5微
	飛	○	上5微
ひ	日	●	
	火	●	
ビ	尾	●	
	微	○	上5微
	眉	○	上4支
	美	●	
ひがし	東	○	上1東

読み	漢字	平仄	韻
ひかり	光	○	下7陽
ひく	引	●	
	★弾	○	上14寒
ひくい	低	○	上8斉
ひさしい	久	●	
ヒツ	筆	●	
ひつじ	羊	○	下7陽
ひと	人	○	上11真
ひとり	独	●	
ひびく	響	●	
ひめ	姫	○	上4支
ヒャク	百	●	
ヒョウ	氷	○	下10蒸
	瓢	○	下2蕭
ビョウ	廟	●	
	病	●	
	苗	○	下2蕭
ひらく	開	○	上10灰
ひる	昼	●	
ひるがえる	翻	○	上13元
	飄	○	下2蕭
ヒン	浜	○	上11真
	貧	○	上11真
	賓	○	上11真
	頻	○	上11真
ビン	瓶	○	下9青
	貧	○	上11真
	鬢	●	
フ	★不	○	下11尤
		●	
	夫	○	上7虞
	婦	●	
	富	●	
	布	●	
	府	●	
	扶	○	上7虞
	浮	○	下11尤
	父	●	
	符	○	上7虞
	負	●	
	賦	●	
ブ	武	●	
	舞	●	

読み	漢字	平仄	韻
フウ	封	○	上2冬
	楓	○	上1東
	風	○	上1東
ふえ	笛	●	
ふかい	深	○	下12侵
フク	伏	●	
	復	●	
	服	●	
	腹	●	
	覆	●	
ふく	吹	○	上4支
ふくむ	含	○	下13覃
ふさぐ	★塞	●	
ふじ	藤	○	下10蒸
ふたたび	再	●	
フツ	払	●	
ブツ	仏	●	
	物	●	
ふで	筆	●	
ふところ	懐	○	上9佳
ふね	舟	○	下11尤
	船	○	下1先
ふむ	踏	●	
ふゆ	冬	○	上2冬
ふるい	古	●	
ふるえる	震	●	
フン	★分	○	上12文
		●	
	墳	○	上12文
	粉	●	
	紛	○	上12文
ブン	★分	○	上12文
		●	
	文	○	上12文
	聞	○	上12文
ヘイ	兵	○	下8庚
	平	○	下8庚
	閉	●	
ベイ	米	●	
ヘキ	壁	●	
	碧	●	
へだてる	隔	●	
ベツ	別	●	

読み	漢字	平仄	韻
べに	紅	○	上1東
へび	蛇	○	下6麻
へる	経	○	下9青
ヘン	偏	○	下1先
	変	●	
	片	●	
	辺	○	下1先
	返	●	
	遍	●	
ホ	歩	●	
ほ	帆	○	下15咸
ボ	墓	●	
	暮	●	
	母	●	
ホウ	報	●	
	奉	●	
	宝	●	
	封	○	上2冬
	峰	○	上2冬
	抱	●	
	放	●	
	方	○	下7陽
	法	●	
	砲	●	
	芳	○	下7陽
	蓬	○	上1東
	蜂	○	上2冬
	訪	●	
	豊	○	上1東
	逢	○	上2冬
	邦	○	上3江
	鳳	●	
ボウ	亡	○	下7陽
	傍	○	下7陽
	帽	●	
	忘	△	下7陽
	忙	○	下7陽
	房	○	下7陽
	望	●	
	茅	○	下3肴
ホク	北	●	
ボク	墨	●	
	木	●	

読み	漢字	平仄	韻
	牧	●	
ほし	星	○	下9青
ほそい	細	●	
ほたる	蛍	○	下9青
ボツ	没	●	
ほっする	欲	●	
ほとけ	仏	●	
ほね	骨	●	
ほのお	炎	○	下14塩
ほろびる	滅	●	
ホン	奔	○	上13元
	本	●	
	翻	○	上13元

【ま行】

読み	漢字	平仄	韻
マ	摩	○	下5歌
	麻	○	下6麻
マイ	埋	○	上9佳
	毎	●	
まう	舞	●	
まえ	前	○	下1先
まかせる	★任	●	
まがる	曲	●	
マク	幕	●	
まく	巻	●	
まくら	枕	●	
まける	負	●	
まご	孫	○	上13元
まこと	真	○	上11真
まさに	★正	●	
まさに…す	★将	○	下7陽
まさに…べし	当	○	下7陽
	★応	○	下10蒸
まさる	★勝	●	
まじわる	交	○	下3肴
ます	増	○	下10蒸
まずしい	貧	○	上11真
また	又	●	
まつ	待	●	
	松	○	上2冬
まつり	祭	●	
まど	窓	○	上3江
まなぶ	学	●	
まねく	招	○	下2蕭

読み	漢字	平仄	韻目
まめ	豆	●	
まもる	守	●	
まゆ	眉	○	上4支
まよう	迷	○	上8斉
マン	万	●	
	満	●	
	★漫	○	上14寒
		●	
ミ	味	●	
	未	●	
み	身	○	上11真
みじかい	短	●	
みず	水	●	
みずうみ	湖	○	上7虞
みずから	自	●	
みせ	店	●	
みだれる	乱	●	
みち	路	●	
	道	●	
みちる	満	●	
ミツ	密	●	
みどり	碧	●	
	緑	●	
みな	皆	○	上9佳
みなみ	南	○	下13覃
みなもと	源	○	上13元
みね	峰	○	上2冬
みみ	耳	●	
みや	宮	○	上1東
みやこ	都	○	上7虞
ミョウ	妙	●	
みる	看	△	上14寒
	見	●	
	★観	△	上14寒
ミン	民	○	上11真
	眠	○	下1先
ム	夢	●	
	無	○	上7虞
	霧	●	
むかえる	迎	○	下8庚
むかし	昔	●	
むぎ	麦	●	
むく	向	●	

読み	漢字	平仄	韻目
むくいる	報	●	
むし	虫	○	上1東
むす	蒸	○	下10蒸
むずかしい	★難	○	上14寒
むすぶ	結	●	
むね	胸	○	上2冬
むら	村	○	上13元
むらさき	紫	●	
むれ	群	○	上12文
め	目	●	
	芽	○	下6麻
メイ	命	●	
	冥	○	下9青
	名	○	下8庚
	明	○	下8庚
	盟	○	下8庚
	迷	○	上8斉
	鳴	○	下8庚
めぐむ	恵	●	
めし	飯	●	
めずらしい	珍	○	上11真
メツ	滅	●	
メン	面	●	
モ	茂	●	
モウ	毛	○	下4豪
	網	●	
モク	木	●	
	目	●	
もって	以	●	
	★将	○	下7陽
もっとも	最	●	
もと	元	○	上13元
	本	●	
もとめる	求	○	下11尤
もの	物	●	
	者	●	
もも	桃	○	下4豪
もや	靄	●	
もる	★盛	○	下8庚
モン	問	●	
	門	○	上13元

【や行】

読み	漢字	平仄	韻目
ヤ	夜	●	
	野	●	
やかた	館	●	
ヤク	約	●	
	薬	●	
	躍	●	
やく	焼	○	下2蕭
やさしい	★易	●	
やしなう	養	●	
やせる	痩	●	
やどる	宿	●	
やなぎ	柳	●	
	楊	○	下7陽
やぶる	破	●	
やぶれる	敗	●	
やま	山	○	上15刪
やまい	病	●	
やわらかい	柔	○	下11尤
ユ	由	○	下11尤
ゆ	湯	○	下7陽
ユイ	唯	○	上4支
ユウ	優	○	下11尤
	勇	●	
	友	●	
	幽	○	下11尤
	悠	○	下11尤
	憂	○	下11尤
	有	●	
	湧	●	
	猶	○	下11尤
	由	○	下11尤
	遊	○	下11尤
	雄	○	上1東
	融	○	上1東
ゆう	夕	●	
ゆえ	故	●	
ゆき	雪	●	
ゆく	★行	○	下8庚
	逝	●	
ゆたか	豊	○	上1東
ゆび	指	●	
ゆみ	弓	○	上1東
ゆめ	夢	●	
ゆれる	揺	○	下2蕭

読み	漢字	平仄	韻目
ヨ	★与	○	上6魚
		●	
	★予	○	上6魚
		●	
	余	○	上6魚
よ	世	●	
	代	●	
よい	宵	○	下2蕭
	良	○	下7陽
ヨウ	妖	○	下2蕭
	容	○	上2冬
	揚	○	下7陽
	揺	○	下2蕭
	擁	●	
	腰	○	下2蕭
	楊	○	下7陽
	洋	○	下7陽
	羊	○	下7陽
	葉	●	
	遥	○	下2蕭
	陽	○	下7陽
	養	●	
よう	酔	●	
ヨク	欲	●	
	浴	●	
	翼	●	
よこたわる	横	○	下8庚
よし	由	○	下11尤
よぶ	呼	○	上7虞
よむ	読	●	
よる	因	○	上11真
	夜	●	
よろこぶ	喜	●	
よわい	弱	●	

【ら行】

読み	漢字	平仄	韻目
ラ	羅	○	下5歌
ライ	来	○	上10灰
	雷	○	上10灰
ラク	★楽	●	
	落	●	
ラン	乱	●	
	嵐	○	下13覃
	欄	○	上14寒
	藍	○	下13覃
	蘭	○	上14寒
	覧	●	
リ	利	●	
	吏	●	
	履	●	
	理	●	
	裏	●	
	里	●	
	離	○	上4支
リク	陸	●	
リツ	立	●	
リャク	略	●	
リュウ	柳	●	
	流	○	下11尤
	留	○	下11尤
	竜	○	上2冬
リョ	侶	●	
	慮	●	
	旅	●	
	虜	●	
リョウ	両	●	
	料	●	
	梁	○	下7陽
	涼	○	下7陽
	猟	●	
	良	○	下7陽
	陵	○	下10蒸
リョク	緑	●	
リン	倫	○	上11真
	林	○	下12侵
	臨	○	下12侵
	輪	○	上11真
	隣	○	上11真
ルイ	塁	●	
	涙	●	
レイ	★令	○	下8庚
		●	
	冷	●	
	嶺	●	
	礼	●	
	零	○	下9青
	霊	○	下9青
	麗	●	
	齢	○	下9青
レキ	暦	●	
	歴	●	
レツ	列	●	
	烈	●	
レン	恋	●	
	憐	○	下1先
	簾	○	下14塩
	蓮	○	下1先
	連	○	下1先
ロ	廬	○	上6魚
	炉	○	上7虞
	路	●	
	露	●	
ロウ	★労	○	下4豪
		●	
	弄	●	
	楼	○	下11尤
	浪	●	
	漏	●	
	籠	○	上1東
	老	●	
	郎	○	下7陽
ロク	六	●	
ロン	★論	○	上13元
		●	

【わ行】

読み	漢字	平仄	韻目
ワ	★和	○	下5歌
		●	
	話	●	
わかれる	★分	○	上12文
	別	●	
わく	湧	●	
わける	★分	○	上12文
わずらわしい	煩	○	上13元
わすれる	忘	△	下7陽
わたる	渡	●	
わらう	嘲	○	下3肴
	笑	●	
われ	吾	○	上7虞
	我	●	
ワン	湾	○	上15刪

6 七言絶句の平仄式

七言絶句を作ったら、平仄がルール通りになっているかをこのページで確認しましょう。△を打った白地のところは○（平声）でも●（仄声）でもよいので、気にしなくて構いません。白地以外のところの平仄が①～⑮のいずれかになっていれば、適切な平仄の七言絶句です。

○平声　●仄声　◎押韻（平声）
△平仄どちらでも可

- 白：○（平声）・●（仄声）のどちらにしてもよいところ
- 第一・二・四句末は◎（平声で押韻）、第三句末は●（仄声）
- 二六対・二四不同と反法・粘法に基づいて○（平声）にするところ
- 二六対・二四不同と反法・粘法に基づいて●（仄声）にするところ
- 下三字を○○○または●●●にしないようにする必要があるところ（禁下三連）
- 四字目が○（平声）の場合、三・四・五字目の並びが●○●にならないようにする必要があるところ（禁孤平）
- 平起式の第三句の下三字の○●●を、●○●にしてもよい（挟み平）
その場合、三字目は孤平を避けるために○（平声）にする

・①④、②⑤、③⑥は、第三句以外は同じ平仄になっている。
・⑦⑩⑬、⑧⑪⑭、⑨⑫⑮は、第四句以外は同じ平仄になっている。

①

△	△	△	△
○	●	●	○
△	△	○	△
●	○	○	●
●	○	●	●
○	●	●	○
◎	●	◎	◎

②

△	△	△	△
○	●	●	○
△	△	○	△
●	○	○	●
●	○	○	●
○	●	●	○
◎	●	◎	◎

③

△	△	△	△
○	●	●	○
△	△	●	△
●	○	○	●
●	○	○	●
○	●	●	○
◎	●	◎	◎

平起式

（第一句の二字目が平声）

④

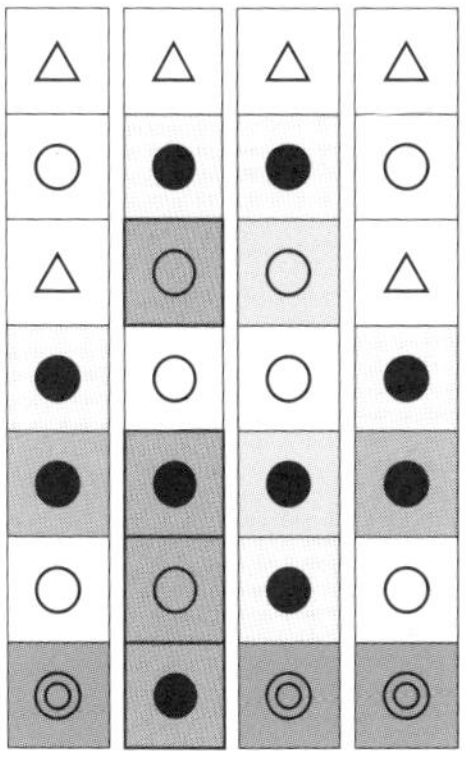

⑤

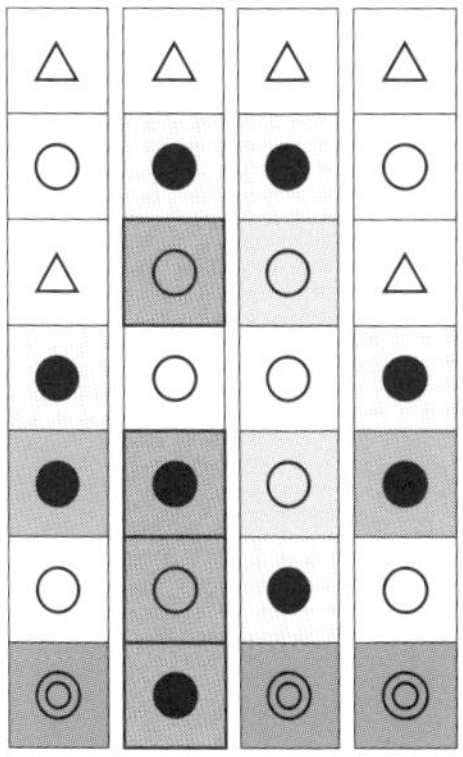

⑥

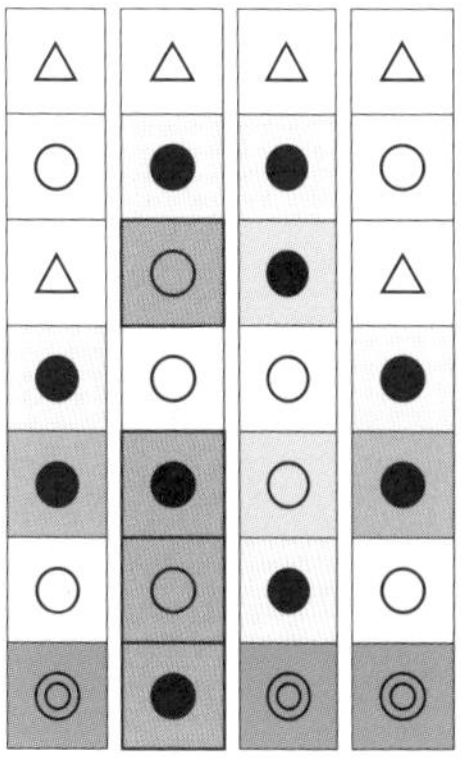

仄起式

（第一句の二字目が仄声）

⑦

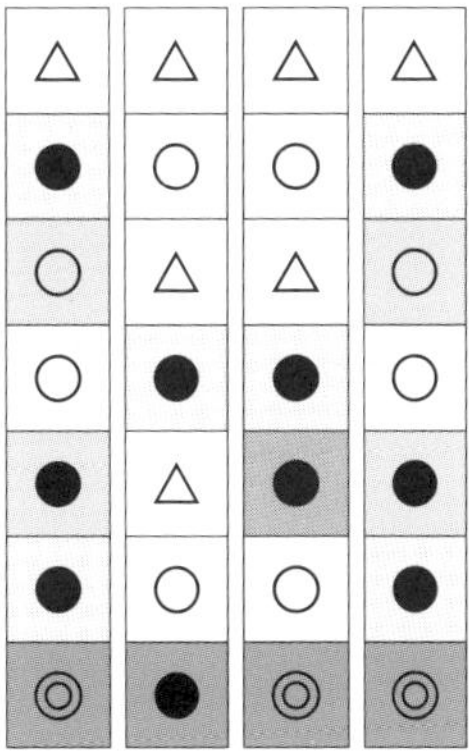

⑧

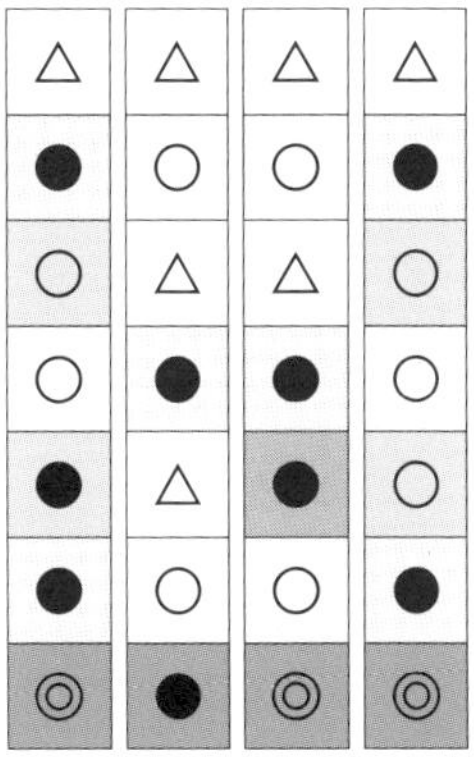

⑨

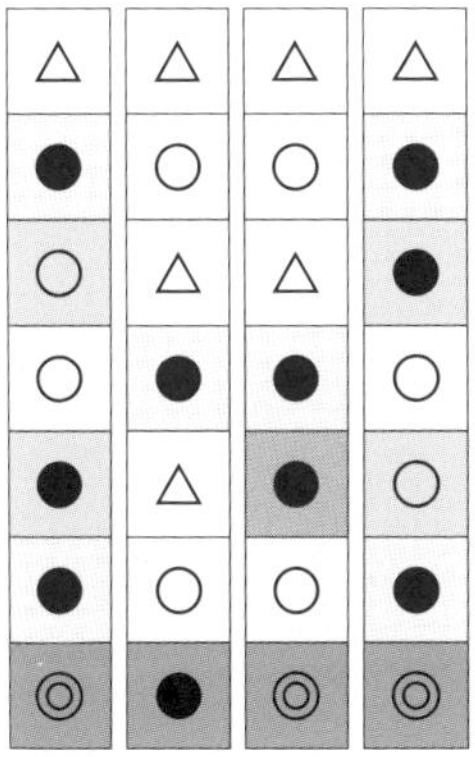

⑩

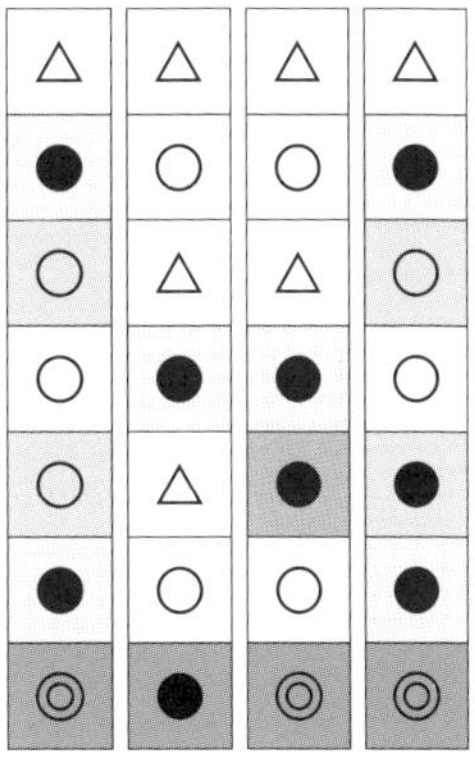

⑪

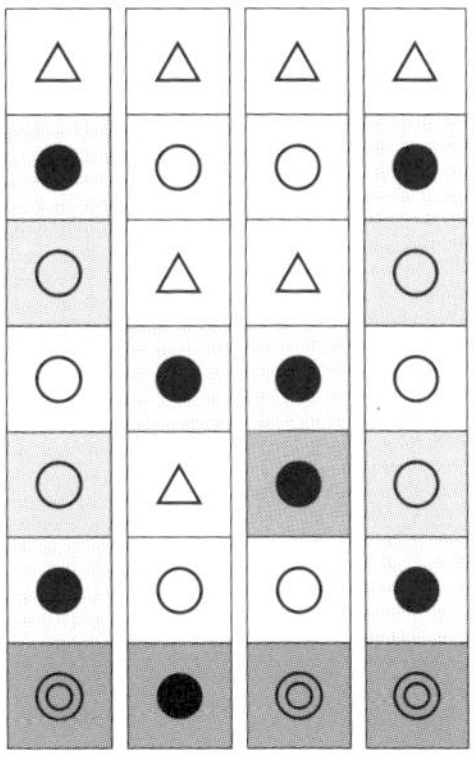

⑫

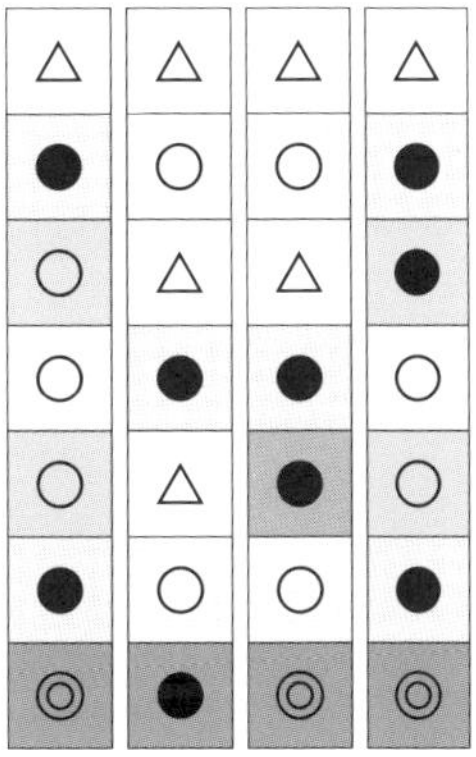

⑬

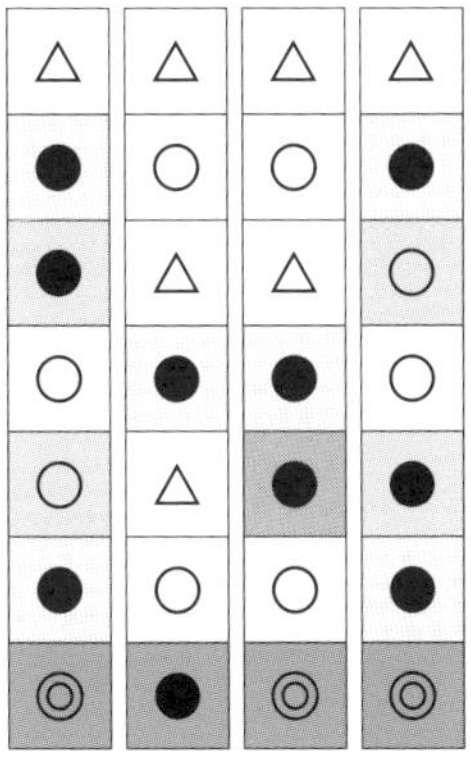

⑭

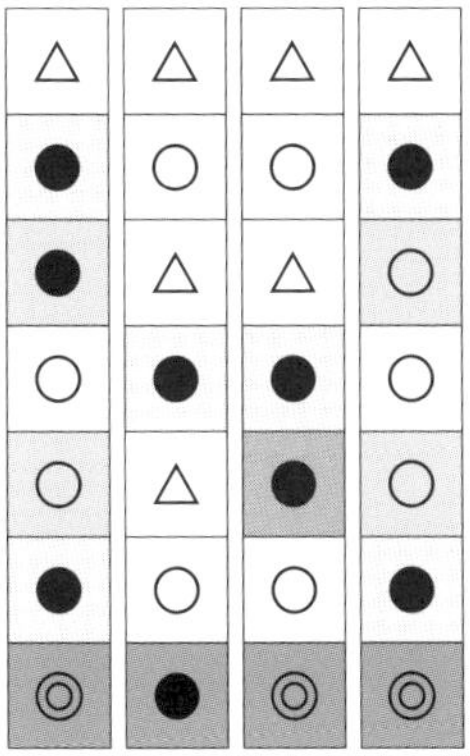

⑮

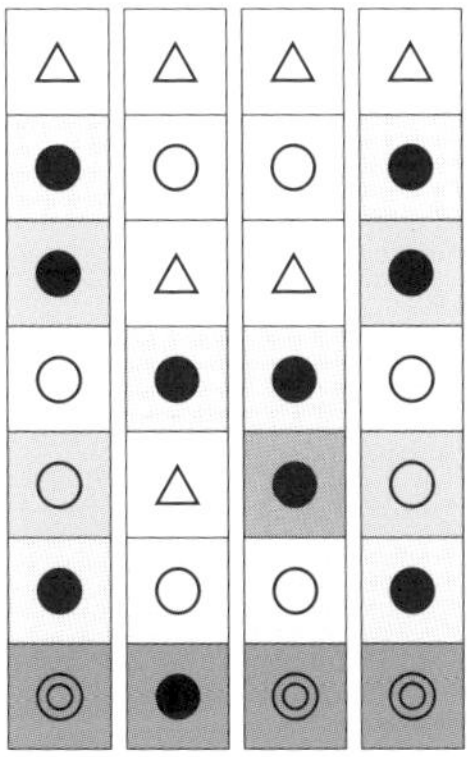

7 漢詩作りに役立つ参考書

『漢詩を作る』
石川忠久（あじあブックス・大修館書店・一九九八）

漢詩実作指導の第一人者が、作詩の心得・約束事・構成法から練習の仕方に至るまで懇切丁寧に解説。著者自身による作例のほか、初心者の作例の添削も収録し、参考になります。

『石川忠久 漢詩の稽古』
石川忠久（大修館書店・二〇一五）

三十余年にわたる門下生への漢詩実作指導を紙上に再現。作品を添削・推敲しながら、作詩のコツやヒントを具体的に伝授します。指導のポイントをまとめた稽古索引も収録。

『新漢語林 第二版』
鎌田正・米山寅太郎（大修館書店・二〇一一）

約一万四千六百の漢字と約五万の熟語を収録する学習漢和辞典の決定版。漢字の平仄・韻・意味・用法が調べられます。漢文学習で特に重要な字については「助字・句法解説」欄で詳しく解説。

『漢詩創作のための詩語集』
石川忠久監修（大修館書店・二〇二二）

延べ二万五千の詩語を詠みたいテーマ・心情など千二百の分類によって配列。平仄・韻目・読み・語義も記してあり、漢詩の作法にかなった詩語が容易に選び出せます。漢詩作りに役立つ詩語の読みから引ける索引を完備。韻目や「故事一覧」や、一年を通して漢詩が作れる五百余の詩題をまとめた「題詠詩題一覧」など付録も充実。

◆その他の参考書

作詩法・漢文法

『漢詩を創る、漢詩を愉しむ』鈴木淳次（リヨン社・二〇〇九）
『漢文の語法』西田太一郎著、齋藤希史・田口一郎校訂（角川ソフィア文庫・二〇二三）
『漢文法基礎』二畳庵主人、加地伸行（講談社・二〇一〇）
『新人教師のための漢文指導入門講座』塚田勝郎（大修館書店・二〇一四）
『はじめての漢詩創作』鷲野正明（白帝社・二〇〇五）

辞典・事典

『平仄字典 新版』林古溪・石川忠久編（明治書院・二〇一三）
『漢詩鑑賞事典』石川忠久編（講談社・二〇〇九）
『漢詩の事典』松浦友久編（大修館書店・一九九九）
『漢詩名句辞典』鎌田正・米山寅太郎（大修館書店・一九八〇）
『校注唐詩解釈辞典』松浦友久編（大修館書店・一九八七）
『続校注唐詩解釈辞典 付歴代詩』松浦友久編（大修館書店・二〇〇一）
『中国名詩鑑賞辞典』山田勝美（角川ソフィア文庫・二〇二一）
『李白と杜甫の事典』向嶋成美編著（大修館書店・二〇一九）

漢詩鑑賞

『石川忠久 中西進の漢詩歓談』石川忠久・中西進（大修館書店・二〇〇四）
『江戸漢詩選』上・下 揖斐高編訳（岩波文庫・二〇二一）
『漢詩の流儀』松原朗（大修館書店・二〇一四）

◆講座・コンテスト

斯文会《しぶんかい》（湯島聖堂）やマスコミ等が運営するカルチャースクールに漢詩創作の講座が設けられています。また、漢詩のコンテストには次のようなものがあります。（二〇二三年三月現在。詳細はインターネットなどで確認してください）

・全日本漢詩連盟主催の全日本漢詩大会、扶桑風韻漢詩大会
・新潟県の諸橋轍次記念館主催の諸橋轍次博士記念漢詩大会
・佐賀県の孔子の里 多久聖廟主催の全国ふるさと漢詩コンテスト
・熊本県の漱石記念漢詩大会

漢詩の稽古は絵の稽古と似ている。詩の言葉は、絵の具や筆などの道具に当たる。十分に道具を備えなければ上手に絵が描けないと同様、たくさんの言葉を使いこなせなければ良い詩はできない。そのためには辞書や詩語集の用意が必要になる。（『石川忠久　漢詩の稽古』より）

第1章 1（問題7ページ。▽の後に『漢詩創作のための詩語集』での分類名とその分類の先頭ページを示した）

①農田《のうでん》・田疇《でんちゅう》・場圃《じょうは》など ▽田畑全般123ページ
②蛺蝶《きょうちょう》・蝴蝶《こちょう》など ▽チョウ17ページ
③煙火《えんか》・煙火戯《えんかのぎ》など ▽夏の行楽26ページ
④牽牛《けんぎゅう》・蕣花《しゅんか》・秋蕣《しゅうしゅん》など ▽その他の花木39ページ
⑤茶梅《ちゃばい》・茶花《ちゃか》・山茶《さんちゃ》など ▽サザンカ・ツバキ45ページ
⑥香魚《こうぎょ》 ▽その他の魚介83ページ
⑦水母《すいぼ》（漢詩で「海月」は「海の上に出る月」の意） ▽その他の魚介83ページ
⑧風雪《ふうせつ》（漢詩で「吹雪」は「雪を吹く」の意） ▽降雪54ページ
⑨暮雨《ぼう》 ▽時間による雨52ページ
⑩夕霞《せきか》・晩霞《ばんか》・暮霞《ぼか》など ▽朝焼け・夕焼け94ページ
⑪舟人《しゅうじん》・柁工《だこう》など（漢詩で「船頭」は「船の舳先《へさき》」の意） ▽漁・漁民・船頭115ページ
⑫却月《きゃくげつ》・片月《へんげつ》・繊月《せんげつ》 ▽半月・三日月・月蝕90ページ
⑬歳除《さいじょ》・歳夜《さいや》・除夜《じょや》 ▽大晦日48ページ
⑭展墓《てんぼ》・掃墓《はかをはらう》・灑掃《さいそう》など ▽墓参142ページ
⑮九寰《きゅうかん》・八紘《はっこう》・四海《しかい》など ▽天下・世界・地域146ページ
⑯旗亭《きてい》・酒家《しゅか》・酒楼《しゅろう》 ▽様々な酒屋・飲み屋195ページ
⑰布衾《ふきん》 ▽寝具216ページ
⑱屋簷《おくえん》・屋宇《おくう》など ▽屋根・屋根瓦・軒端227ページ
⑲遷喬《せんきょう》・移家《いえをうつす》・卜宅《たくをぼくす》など ▽転居229ページ
⑳丱童《かんどう》・児童《じどう》・童子《どうじ》など ▽子供全般245ページ
㉑小年《しょうねん》・少年《しょうねん》・年少《ねんしょう》など ▽青年・若者245ページ
㉒生辰《せいしん》・誕辰《たんしん》・生日《せいじつ》など ▽誕生日264ページ
㉓九秩《きゅうちつ》・九袟《きゅうちつ》（「卒寿」は漢語では「死ぬ寿命」の意） ▽長寿・老齢264ページ
㉔音書《いんしょ》・雁魚《がんぎょ》・鯉魚《りぎょ》・錦鱗《きんりん》など ▽手紙299ページ

第1章 2（問題9ページ）

①見花（花を見る）
②愛山水（山水を愛す）
③驚我耳（我が耳を驚かす）
④山月照秋林（山月 秋林《しゅうりん》を照らす）
⑤逢春（春に逢う）
⑥向西飛（西に向かいて飛ぶ）
⑦入深林（深林《しんりん》に入《い》る）
⑧春雪満空（春雪 空《くう》に満つ）
⑨秋日勝春朝（秋日《しゅうじつ》 春朝《しゅんちょう》に勝る）
⑩下馬（馬より下《くだ》る）
⑪言春来（春 来たると言う）
⑫水成氷（水《みず》 氷《こおり》と成る）
⑬浮舟大江（舟を大江《たいこう》に浮かぶ）
⑭寄語児童（語《ご》を児童に寄《よ》す）
⑮贈君何（君に何をか贈らん）
⑯教子読詩書（子に詩書《ししょ》を読むを教《おし》う）
⑰聞君踏雪訪梅花（聞く 君《きみ》 雪を踏みて梅花《ばいか》を訪《たず》ぬと）
⑱疑到海中山（疑うらくは海中の山に到《いた》るかと）
⑲人言道士隠深山（人は言う 道士 深山《しんざん》に隠《かく》ると）

第1章 3（問題11ページ）

①野梅香（野梅《やばい》 香《かん》ばし）
②菜花黄（菜花《さいか》 黄《き》なり）
③天高秋月清（天 高く 秋月《しゅうげつ》 清らかなり）
④馬行遅（馬の行《ゆ》くこと遅し）
⑤酔酒深（酒に酔《よ》うこと深し）
⑥見村遠（村を見ること遠《とお》し）
⑦読書忙（書を読むこと忙がし）
⑧花落頻（花 落つること頻《しき》りなり）
⑨花頻落（花 頻りに落つ）
⑩正是長安花落時（正《まさ》に是《こ》れ長安 花落つるの時）
⑪霧不収（霧《きり》 収まらず）
⑫老不倦（老いて倦《う》まず）
⑬尋君不遇（君を尋《たず》ねて遇《あ》わず）
⑭雨不多（雨 多からず）
⑮不是夢（是《こ》れ夢ならず）
⑯不是去年人（是《こ》れ去年の人ならず）
⑰非賢者（賢者に非《あら》ず）
⑱不厭路遥（路《みち》の遥かなるを厭《いと》わず）

⑲此是梅花非別花（此《これ》（は）是れ梅花にして別花《べっか》に非《あら》ず）

第1章 4（問題13ページ）

1

①夜忘帰（夜《よる》帰るを忘る）

②願報恩（恩に報いんと願う）

③不辞酔（酔うを辞せず）

④飲酒一斗・飲一斗酒（酒を飲むこと一斗・一斗の酒を飲む）

⑤積雪高千丈（積雪 高さ千丈）

⑥道路遠千里（道路 遠きこと千里）

2

⑦［意味］複数のチョウチョウが交差して飛ぶ［訓読］蝶《ちょう》交《こう》飛《ひ》す▼「交飛」を「飛び交《か》う」とは読めません。

⑧［意味］江南地方の旧暦春二月は良い風光である［訓読］江南二月 好風光《こうふうこう》▼「江南二月」を「二月の江南」とは読めません。また「好風光」を「風光 好《よ》し」とは読みません。

⑨［意味］晴れた空に一羽のツルが雲を押し分けるように飛び上って行く［訓読］晴空《せいくう》一《いっ》鶴《かく》雲を排して上《のぼ》る▼「排雲上」を「雲に上りて排す」とは読めません。また、「雲上を排す」と読むことはできますが、意味が通りません。

⑩［意味］一枝の梨《なし》の花が春に雨をまとって濡れている［訓読］梨花《りか》一枝《いっし》春《はる》雨を帯《お》ぶ▼「春帯雨」を「春雨（しゅんう・はるさめ）を帯ぶ」とは読めません。

第1章 5（問題15ページ）

1

①生於末世（末世《まっせい》に生まる）

②雲出於山（雲 山より出《い》ず）

③険於山（山よりも険《けわ》し）

④以文為業（文を以て業《ぎょう》と為《な》す）

⑤吾郷自昔詩人少（吾が郷《きょう》 昔より詩人 少なし）

⑥正与此同（正に此と同じ）

2

⑦［意味］私の冠は君によって制作された［訓読］我が冠《かんむり》は君《きみ》に制せらる

⑧［意味］寒気に当たって紅葉した葉は春の盛りに咲く花々よりも赤くて美しい［訓読］霜葉《そうよう》は二月の花よりも紅《くれない》なり

⑨［意味］今日は君と一緒に酔おう［訓読］今朝《こんちょう》君と酔《よ》う▼「今朝」は「けさ」という意が本義だが、漢詩では平仄の都合（28ページを参照）によって「今日」の代用として使われる場合もある。

⑩［意味］笑って尋ねる、お客さんはどこからいらしたのかと［訓読］笑いて問う 客《かく》は何《いず》れの処《ところ》より来たるかと

第1章 6（問題は17ページ）

1

①使人悲・令人悲・教人悲・遣人悲（人をして悲しましむ）

②被隣翁笑・見隣翁笑（隣翁《りんおう》に笑わる）

③春欲尽（春 尽きんと欲《ほっ》す）・春将尽（春 将《まさ》に尽きんとす）

④君須飲（君《きみ》 須《すべから》く飲むべし）・君当飲（君 当《まさ》に飲むべし）・君応飲（君 応《まさ》に飲むべし）・君宜飲（君 宜《よろ》しく飲むべし）

⑤誠可愛（誠《まこと》に愛すべし）▼「堪」を用いて「誠堪愛（誠に愛するに堪えたり）」としてもよい。

⑥誰能来此（誰《たれ》か能《よ》く此《ここ》に来たる）・誰可来此（誰か此に来たるべけんや）

2

⑦［意味］この花は俗人に見せてはいけない［訓読］此《こ》の花 俗《ぞく》人《じん》をして看《み》しむる莫《な》かれ

⑧［意味］年齢は今五十歳になろうとしている［訓読］年《とし》今 将《まさ》に百に半《なか》ばせんとす

⑨［意味］君に勧めたい、無数に咲く花の中で酒に酔うべきだと［訓読］君に勧《すす》む 当《まさ》に万花《ばんか》の中《うち》に酔《よ》うべきを

⑩［意味］きっと先生は出かけたきりまだ帰って来ていないのだろう［訓読］応《まさ》に是《こ》れ先生 出《い》でて未《いま》だ帰らざるべし

第1章 7（問題は19ページ）

1

①山上有山（山上《さんじょう》に山有り）

②天下英雄有幾人（天下 英雄 幾《いく》

人《にん》か有る）

③独在異郷（独り異郷に在り）

④可嘆無知己（嘆《たん》ずべし 知己《ちき》無きを）

⑤時有山僧来（時に山僧《さんそう》の来たる有り）

⑥無人送酒来（人の酒を送り来たる無し）

2

⑦［意味］白い雲が湧き出るところに人家がある［訓読］白雲生ずる処《ところ》 人家《じんか》有り

⑧［意味］過失は将軍に在るのであって兵隊にはない［訓読］過《あやま》ちは将軍に在りて兵に在らず

⑨［意味］庭さきには時おり入って来る（吹き込んで来る）春風がある［訓読］庭前《ていぜん》 時《とき》に東風《とうふう》の入《い》る有り

⑩［意味］突然やって来て門を叩く田舎の僧侶が現れた［訓読］忽《たちま》ち野僧《やそう》の来たりて門《もん》を叩《たた》く有り

第1章 8（問題は21ページ）

1

①新過雨（新たに雨過《あめす》ぐ）

②鳴春雷・春雷鳴（春雷 鳴る）

③何処去・去何処（何《いず》れの処《ところ》にか去る）

④我来駐馬人何問・我来駐馬人問何（我《われ》 来たりて馬を駐《とど》むるに人何をか問はん）

⑤知是誰（知んぬ是《こ》れ誰《たれ》ぞ）

⑥不知幾度酔春風（知らず 幾度《いくたび》か春風《しゅんぷう》に酔《よ》う）

2

⑦［意味］長江の中流にある巫《ふ》峡《きょう》では常に千里のかなたから風が吹いて来る［訓読］巫峡 常に吹く千里《せんり》の風《かぜ》

⑧［意味］高楼《こうろう》で酒盛りをするのに誰を相手にしようか［訓読］酒を高楼に挙《あ》ぐるに誰《たれ》をか伴《とも》と作《な》さん

⑨［意味］来年はさてどうだろうか［訓読］来歳《らいさい》 知んぬ如何《いかん》

⑩［意味］さて一体かつての南苑《なんえん》は今どこに在るのだろう［訓読］知らず 南苑 今 何《いず》くにか在る

第2章 1（問題は23ページ）

1

①［意味］旧暦八月、秋の空は高く、風は怒号をあげるかのように吹いている［訓読］八月 秋 高くして風《かぜ》 怒号《どごう》す ▼「八月 秋に高風怒号す」ではない。

②［意味］古くからの友人の家は桃の花の咲く岸辺に在る［訓読］故人《こじん》の家は桃花《とうか》の岸に在り ▼「故《ゆえ》に人家《じんか》は桃花の岸に在り」ではない。

③［意味］春風は私のために悲しみを吹き払い去ってはくれない［訓読］東風《とうふう》 為《ため》に愁《うれ》いを吹き去らず ▼「東風吹くを為《な》さずして愁い去る」ではない。

④［意味］家への便りを認《したた》めようとするが、思いは次から次と湧いて来て、何を書いたらよいのかわからない［訓読］家書《かしょ》を作らんと欲して意《い》 万重《ばんちょう》（なり） ▼「作家《さっか》の書を欲して意 万重」ではない。

2

⑤但見長江送流水［訓読］但《た》だ見る長江の流水を送るを

⑥玉碗盛来琥珀光［訓読］玉碗《ぎょくわん》 盛《も》り来たる 琥珀《こはく》の光を

⑦古来聖賢皆寂寞［訓読］古来 聖賢《せいけん》 皆《み》な寂寞《せきばく》なり

⑧黄鶴一去不復返［訓読］黄鶴一《こうかくひと》たび去りて復《ま》た返らず

第2章 2（問題は26・27ページ）

1

①○［韻目］先

②●

③●

④○［韻目］侵

⑤●

⑥○［韻目］斉

⑦●

⑧○［韻目］侵

⑨●

⑩○［韻目］先

⑪○［韻目］庚

⑫●

⑬○［韻目］東

⑭●

⑮○［韻目］支

⑯●

2

①［韻字］余・書・除［韻目］魚
②［韻字］花・斜・家［韻目］麻
③［韻字］村・門・源［韻目］元
④［韻字］金・陰・沈［韻目］侵
⑤［韻字］荊・迎・明［韻目］庚

第2章 3（問題は29ページ）

①○○●［違反］浮［本来］泛 ▼一字目の「浮」が平声で違反。仄声の「泛」にする。（北宋・范純仁「西湖四時四首」其三・承句）

②○○○［違反］如［本来］若 ▼四字目の「如」が平声で違反。仄声の「若」にする。（南宋・劉子翬「夜涼」・承句）

③○○○［違反］知［本来］識 ▼四字目の「知」が平声で違反。仄声の「識」にする。（晩唐・汪遵「詠酒二首」其一・転句）

④○○●［違反］年［本来］歳 ▼二字目の「年」が平声で違反。仄声の「歳」にする。（晩唐・韋荘「燕来」・起句）

⑤○○○［本来］来往 ▼四字目の「来」が平声で違反。「往来」の「往」が仄声であるので、語順を転倒させて「来往」にする。（盛唐・儲光羲「寄孫山人」・結句）

⑥●○○［本来］三両 ▼六字目の「三」が平声で違反。「両三」の「両」（「二」の意）が仄声であるので、語順を転倒させて「三両」にする。（北宋・蘇軾「恵崇春江晩景二首」其一・起句）

⑦●●●［本来］弟兄 ▼四字目の「弟」が仄声で違反。「兄弟」の「兄」が平声であるので、語順を転倒させて「弟兄」にする。（南宋・王十朋「九日懐故郷」・転句）

⑧○○○［本来］争戦 ▼四字目の「争」が平声で違反。「戦争」の「戦」が仄声であるので、語順を転倒させて「争戦」にする。（明・劉崧「山楼偶題」・起句）

第2章 4（問題は31ページ）

1

①［平仄式］平起式［韻目］刪

朝辞白帝彩雲間
千里江陵一日還
両岸猿声啼不住
軽舟已過万重山

▼「過」は平仄両用の字だが、ここでは〈二四不同〉の原則に照らして仄声と見なさなければならない。

②［平仄式］仄起式［韻目］先

月落烏啼霜満天
江楓漁火対愁眠
姑蘇城外寒山寺
夜半鐘声到客船

③［平仄式］平起式［韻目］麻

煙籠寒水月籠沙
夜泊秦淮近酒家
商女不知亡国恨
隔江猶唱後庭花

2

④鳥 ▼句末の「禽」が平声で違反。仄声の「鳥」にする。（北宋・欧陽修「寄謝晏尚書二絶」其二・転句）

⑤霽 ▼句末の「晴」が平声で違反。仄声の「霽」にする。（南宋・陸游「感昔五首」其一・転句）

第2章 5（問題は33ページ）

①渭城朝雨浥軽塵
客舎青青柳色新
勧君更尽一杯酒
西出陽関無故人

［不具合］各句は〈二四不同・二六対〉が守られているが、その平仄配置は四句全て反法で構成されている。▼上平第十一・真韻

②洛陽城裏見秋風
欲作家書意万重
復恐匆匆説不尽
行人臨発又開封

［不具合］転句の下三字が〈●●●〉の仄三連の禁を犯している。▼この詩は二種類の韻を用いる「通韻」となっている。「風」が東韻、「重」「封」が冬韻。

③千里鶯啼緑映紅
水村山郭酒旗風
南朝四百八十寺
多少楼台煙雨中

［不具合］転句の六字目「十」が仄声となっていて〈二四不同・二六対〉が守られていないし、

〈●●●〉の仄三連の禁も犯している。▼上平第一・東韻

④君○問●帰○期○未●有●期◎
巴○山○夜●雨●漲●秋○池◎
何○当○共●剪●西○窓○燭●
却●話●巴○山○夜●雨●時◎

[不具合]起句に重出している「期」字は句中対の範疇《はんちゅう》に入れることができるが、「巴山夜雨」が承句と結句に重出しているのは、句中対とは見なせず、同字相犯の禁を犯していることになる。

▼上平第四・支韻

⑤四●月●清○和○雨●乍●晴◎
南○山○当○戸●転●分○明◎
更●無○柳●絮●随○風○起●
惟○有●葵○花○向●日●傾◎

[不具合] 本詩は下平第八の庚韻で押韻しているが、起句に使われている「清」字も庚韻に属しており、冒韻の禁を犯している。▼絶句後半部の冒韻は許容されることが多いが、前半部の冒韻は多く忌避される。

第2章 6（問題は35ページ）

①峨○眉○山○月●半●輪○秋◎
影●入●平○羌○江○水●流◎
夜●発●清○渓○向●三○峡●
思○君○不●見●下●渝○州◎

[挟み平] 向三峡 [通韻] なし。（押韻は下平第十一の尤韻のみ）

②清○明○時○節●雨●紛○紛◎
路●上●行○人○欲●断●魂◎
借●問●酒●家○何○処●有●
牧●童○遥○指●杏●花○村◎

[挟み平] なし。[通韻]「紛」は上平第十二の文韻、「魂」と「村」は上平第十三の元韻。

③繁○華○事●散●逐●香○塵◎
流○水●無○情○草●自●春◎
日●暮●東○風○怨●啼○鳥●
落●花○猶○似●堕●楼○人◎

[挟み平] 怨啼鳥 [通韻] なし。（押韻は上平第十一の真韻のみ）

④横○看○成○嶺●側●成○峰◎
遠●近●高○低○総●不●同◎
不●識●廬○山○真○面●目●
只●縁○身○在●此●山○中◎

[挟み平] なし。[通韻]「峰」は上平第二の冬韻、「同」と「中」は上平第一の東韻。▼承句と転句に「不」字が重出していること、及び転句と結句に「山」字が重出しているのが少々の不具合と言える。起句の「成」字が重出しているのは、句中対となっているので問題ない。

⑤往●時○聯○騎●向●衡○山◎
同○賦●新○詩○各●拋●鞍◎
此●夜●相○思○一●杯○酒●
回○頭○猶○記●雪●漫○漫◎

[挟み平] 一杯酒 [通韻]「山」は上平第十五の刪韻、「鞍」と「漫」は上平第十四の寒韻。

第3章 1（問題は37ページ。解答は一例）

①歳●暮●投○宿●海●辺○館●
（歳暮《さいぼ》 投宿す 海辺《かいへん》の館《やかた》）

②潮○声○終○夜●枕●辺○聞○
（潮声 終夜 枕辺《ちんぺん》に聞こゆ）

③払●暁●坐●浜○待●初○旭●
（払暁《ふつぎょう》 浜《ひん》に坐して初旭《しょきょく》を待つ）

④紅○旭●染●波○昇○天○際●
（紅旭《こうきょく》 波を染めて天際に昇る）

⑤太●陽○如○洗●心○亦●清○
（太陽 洗うが如く心も亦《ま》た清《きよ》し）

⑥来○訪●田○園○三○月●初○
（田園を来訪す 三月の初め）

⑦風○暖●山○鳥●送●嬌○声○
（風 暖くして 山鳥《さんちょう》 嬌声《きょうせい》を送る）

⑧一●望●紅○桃○満●山○野●
（一望す 紅桃《こうとう》の山野に満つるを）

⑨花○香○誘●引●蜂○蝶●忙○
（花香《かこう》 誘引して 蜂蝶《ほうちょう》 忙《いそが》し）

⑩忽●疑○迷○入●桃○源○郷○
（忽《たちま》ち疑う 桃源郷に迷い入《い》るかと）

⑪盛●夏●城○中○如○蒸○籠○
（盛夏 城中 蒸籠《じょうろう》の如し）

⑫乗○閑○船○上●暫●追○涼○
（閑《かん》に乗じて 船上 暫《しばら》く涼を追う）

⑬江○風○爽●快●不●用●扇●
（江風 爽快《そうかい》にして 扇《おうぎ》を用いず）

⑭舟○遊○不●覚●到●初○更○
（舟遊 覚えず 初更《しょこう》に到るを）

⑮能○賞●橋○上●煙○火●戯●
（能《よ》く賞す 橋上《きょうじょう》 煙火の戯《ぎ》を）

第3章 2（問題は39ページ。解答は一例）

①エ・花○落●杯○中○酒●益●香◎（花は杯《はい》中《ちゅう》に落ちて 酒 益《ます》ます香《かん》ばし）

▼「花下芳筵《かかほうえん》」（桜の花の下で行われる香《か》わしい宴会）という詩題を最も体現したものは「エ」の事柄です。「ア」～「ウ」及び「オ」「カ」はその前段階、あるいはあちこちで宴会が行われている状況描写や風景描写に過ぎません。▼作例は43ページを参照。

②ウ・枇杷黄実紫陽花（枇杷《びわ》の黄《こう》実《じつ》紫陽《しよう》の花）▼一般に梅雨時は雨や曇りが続いて、気が滅入るもの。その薄暗い気分を視覚的に慰めてくれるものが「ウ」の事柄ですし、これこそ梅雨ならではの美しい景観です。「ア」「イ」「エ」は、その薄暗い梅雨の風景描写や人間側の消極的な対処法に過ぎません。また「オ」「カ」は梅雨明け後の状況を詠ずることになり、もはや「梅天《ばいてん》閑詠《かんえい》」（梅雨の時節の暇《ひま》に任せた吟詠）という詩題から逸脱してしまいます。なお、「枇杷」の「杷」字は下平第六の麻韻に属し、末字の「花」も同じく麻韻の字で冒韻の禁を犯すことなりますが、詩の後半の冒韻は多く許容されるものであるので、ここではそれを問題とする必要はありません。

▼作例

梅天閑詠　　梅天の閑詠

晴光久被黒雲遮
煙雨籠城垂薄紗
黯澹梅天何所悦
枇杷黄実紫陽花

［訓読］晴光　久しく黒雲《こくうん》に遮《さえぎ》られ／煙雨　城を籠《こ》めて薄紗《はくさ》を垂《た》る／黯澹《あんたん》たる梅天　何の悦《よろこ》ぶ所ぞ／枇杷の黄実　紫陽の花　［下平第六・麻韻］

［詩意］晴れの日の陽光は久しく黒い雲に遮られ、煙る雨がまるで薄いカーテンを垂らしたかのように街を覆っている。この暗く気が滅入りそうな梅雨の時節に目を喜ばせてくれるものは何だろうか。それは枇杷の黄色い実と紫陽花の花だ。

③カ・亦応千里共嬋娟（亦《ま》た応《まさ》に千里　嬋娟《せんけん》を共にすべし）▼普通に詩題に即するのならば、「エ」を結句に据えても良さそうですが、その内容は余りにも当たり前すぎて、読者に与えるインパクトに欠けます。美しい月を見ることで、遠方にいる大切な人を思いやることを最後に詠えば、しみじみとした情感が大多数の読者の共感を呼ぶはずです。「ア」～「エ」は月見の過程や月の情景描写に過ぎません。また「オ」は「カ」のための前提に過ぎません。

▼作例

中秋望月　　中秋　月を望む

高風吹度掃雲煙
喜看月華光満天
遥想今宵故郷友
亦応千里共嬋娟

［訓読］高風　吹き度《わた》りて雲煙を掃《はら》う／喜び看《み》る　月華の光　天に満つるを／遥かに想う　今宵《こんしょう》　故郷の友／亦《ま》た応《まさ》に千里　嬋娟《せんけん》を共にすべし　［下平第一・先韻］

［詩意］風が空高く吹き渡り雲や靄《もや》を吹き払った。それに伴って美しい月の光が空の彼方まで満ち溢れるのを眺めることができて喜ばしい。今宵《こよい》、遥か遠くにいる故郷の友のことが思い出された。やはりまたきっと千里離れた場所でもこの美しい月を共有しているだろうと。

④オ・渓上暗香能誘人（渓上《けいじょう》の暗香《あんこう》能《よ》く人を誘《いざな》う）▼梅の異名に「暗香」（薄暗い中に漂う香り）というものがあり、それほど梅の香りは強いと認識されているので、「寒谷探梅」（寒々しい谷間に梅の花を探す）という詩題を最も効果的に具現化するには、「オ」の事柄を結句に据えるのが最適です。「ア」～「エ」はその「探梅」の過程での状況描写ですし、「暗香」とも関わりはありません。「カ」は「探梅」の最終結果ですが、「オ」に比べると当たり前すぎて、結句としての感動に乏しいと言えます。

▼作例

寒谷探梅　　寒谷　梅を探る

独●歩●黄○昏○寒○水●浜◎
山○風○吹○洗●俗●寰○塵◎
探○梅○不●用●問●村○叟●
渓○上●暗●香○能○誘●人◎

［訓読］ 独り歩す 黄昏《こうこん》 寒水の浜《ひん》／山風《さんぷう》 吹き洗う 俗寰《ぞくかん》の塵《ちり》を／探梅 用いず 村叟《そんそう》に問うを／渓上の暗香 能く人を誘う［上平第十一・真韻］

［詩意］ 黄昏時《たそがれどき》に冷たい水の流れる岸辺を独り歩んで行く。山中に吹く風は俗世間の汚い塵を洗い落としてくれる。梅林を探すのにわざわざ村の爺《じい》さんに尋ねる必要は無い。谷間に漂う梅の香りが私を誘《いざな》うことができるからだ。

第3章 3 （問題は41ページ。解答は一例）

① 月●光○照●路●香○招○客● （月光 路《みち》を照らして 香《かおり》 客《かく》を招く）

▼作例

月下探梅《げっかたんばい》　月下 梅を探《さぐ》る

行○到●郊○村○日●已●西◎
入●山○数●里●傍●清○渓◎
月●光○照●路●香○招○客●
探○訪●梅○林○不●復●迷◎

［訓読］ 行《ゆ》きて郊村に到れば 日已《すで》に西《にし》す／山に入《い》りて数里 清渓《せいけい》に傍《そ》う／月光 路《みち》を照らして 香《かおり》 客《かく》を招く／梅林を探訪するに復《ま》た迷わず［上平第八・斉韻］

［詩意］ 郊外の村にたどり着いた頃には、日はすでに西に傾いていた。更に山道に入って数里（一、二キロメートル）ほど清らかな渓流沿いを歩く。月の光が道を照らし、梅の香りが訪問客である私を招いてくれたので、梅林を探すのに全く迷わなかった。

② 始●信●北●窓○宜○午●睡● （始めて信ず 北窓 午睡に宜《よろ》しきを）

▼作例

北窓午睡《ほくそうごすい》　北窓の午睡

炎○炎○赤●日●爍●天○空◎
流○汗●如○泉○怨●祝●融◎
始●信●北●窓○宜○午●睡●
簷○陰○濃○処●起●微○風◎

［訓読］ 炎炎たる赤日《せきじつ》 天空を爍《や》く／流汗《りゅうかん》 泉の如く 祝融《しゅくゆう》を怨む／始めて信ず 北窓 午睡に宜《よろ》しきを／簷陰《えんいん》 濃《こ》き処《ところ》 微風 起こる［上平第一・東韻］

［詩意］ 燃えるように真《ま》っ赤《か》な太陽が天空をあぶり、流れる汗は泉のように絶えず湧き、この猛暑をもたらした夏の神・祝融を怨めしく思う。そんな時、北側の窓辺が昼寝をするのにうってつけな場所であることを始めて実感した。家の屋根が濃い影を作る所に微かな風が起こるからだ。

③ 芒○鞋○軽○快●喜●晴○天◎ （芒鞋《ぼうあい》 軽快 晴天を喜ぶ）

▼作例

秋晩観楓《しゅうばんかんぷう》　秋晩 楓《ふう》を観《み》る

遠●訪●西○郊○雲○樹●辺◎
芒○鞋○軽○快●喜●晴○天◎
忽●疑○秋○晩●風○何○暖●
紅○日●照●楓○山○欲●燃◎

［訓読］ 遠く訪《たず》ぬ 西郊雲樹《うんじゅ》の辺《へん》／芒鞋《ぼうあい》 軽快 晴天を喜ぶ／忽《たちま》ち疑う 秋晩 風 何ぞ暖きかと／紅日《こうじつ》 楓を照らして 山 燃えんと欲《ほっ》す［下平第一・先韻］

［詩意］ 西の郊外の雲の湧く山林のあたりをはるばる訪れた。山歩きのための草鞋《わらじ》を履いた足取りは軽快で、空が晴れてくれたことを喜ぶ。晩秋の時節なのに何故風が暖かいのだろうと、ふと疑ってしまった。それは太陽が楓《かえで》の林を真っ赤に照らして、まるで山全体が燃え上がろうとしているように見えるからだ。

④

（起句） 落●葉●掃●来○堆○似●山◎ （落葉 掃《はら》い来たれば 堆《うずたか》きこと 山の似《ごと》し）

（承句） 更●煨○甜○芋●小●庭○間◎ （更に 甜芋《てんう》を煨《や》く 小庭《しょうてい》の間《かん》）

▼作例

寒庭煨芋《かんていわいう》　寒庭 芋《いも》を煨《や》く

落●葉●掃●来○堆○似●山◎
更●煨○甜○芋●小●庭○間◎
白●煙○昇○処●群○童○集●
火●療●手●亀○香○解●顔◎

［訓読］ 落葉 掃《はら》い来たれば 堆《うずたか》き こと山の似《ごと》し／更に甜芋《てんう》を煨く 小庭《しょうてい》の間《かん》／白煙 昇る処《ところ》 群童 集まる／火は手亀《しゅきん》を療《りょう》して 香《かおり》

は顔を解《と》く［上平第十五・删韻］
［詩意］落ち葉を掃き集めてみると、山のように堆くなった。更にサツマイモを投入して小さな庭の中で焚《た》き火《び》をする。白い煙が上る所に多くの子供達が集まって来た。焚き火の火は霜焼けでひび割れた手を癒《い》やし、焼き芋の良い香は子供達の顔を綻《ほころ》ばせる。

第3章 4（問題は43ページ。解答は一例）

①起句と結句に「花」字が重出する。ここは起句の「桜花」を「桜雲」（群がり咲く桜の花）に変更する。
②承句の「長」は陽韻に属する字であり、冒韻の禁（32ページ）を犯している。詩の前半での冒韻は避けるべきであり、ここは「長堤」を「江堤」（川の堤防）に変更する。
③転句の「笑」字は二四不同・二六対の規則に合致していない。ここはほぼ同義で平声の「嘲」字に変更する。
④起句の「七月」は陰暦では秋の初めである。漢詩は陰暦に則って詠ずるのが原則であるから（58～59ページ）、ここは陰暦では夏の終わりの「六月」に変更する。
⑤承句の下三字は〈○○○〉の下三連の禁を犯している。また、「青空」はほとんど和語であるので、ここは同義で平仄が〈●○〉となる「碧天《へきてん》」あるいは「碧空《へきくう》」に変更する。
⑥転句の「雨後」は余計である。詩の前半で梅雨が明けた状況をすでに詠じているからである。それ故、「雨後」を「林樹」（林の木々。○●）や「林野」（木々の密生する山野。○●）などに改めるか、一句全体を「忽聞蟬響園林裏」（忽ち蟬響を聞く園林の裏《うち》。●○○●○○●）に変更する。

第5章 1（問題は51ページ）

1 上平声の文韻
2 ［起句］錦城《きんじょう》の糸管《しかん》日に紛紛《ふんぷん》
［承句］半ばは江風《こうふう》に入《い》り半ばは雲に入る［転句］此《こ》の曲祇《た》だ応に天上に有るべし［結句］人間《じんかん》能《よ》く幾回《いくかい》か聞くを得ん
［詩意］錦城（成都）の弦管楽器の音は日々にぎやかで、半ばは川風に流れていき、半ばは雲に入っていく。この曲はただ天上界にあるべきもので、この人間界で何度聞くことができようか
3 ［承句］雲［結句］聞

第5章 2（問題は53ページ。解答は一例）

［起］附属中等神戸東
［承］創造自治我校風
［転］文化体育学園祭
［結］生徒全員主人公

第5章 3（問題は55ページ）

1 喚●取●籃○輿○便●換●舟○
浪●華○南○去●是●平○疇○
西○風○吹○白●木●綿○国●
一●路●穿○花○到●紀●州○
［詩意］舟の旅をやめて駕籠《かご》に換えさせた。なにわを南へ行くと平かな土地、西風（秋の風）が吹いて白くする木綿の国だ。ひたすらその木綿の花を押し分けて進み、紀州（和歌山）に到った。
2 下平声の尤韻
3 紀州
［理由］「紀」には「いとぐち」「糸のはじめ」「糸の先」などの意があり、転句の木綿と掛けられているから。

解答

七言絶句記入表【平起式】

○平声　●仄声　◎押韻　△平仄どちらでも可
◐◑上下で平仄を違える
平起式の三句目は△●○○●○●でも可

氏名

詩題

△	○	△	●	●	○	◎
△	●	◐	○	◑	●	◎
△	●	△	○	○	●	●
△	○	△	●	●	○	◎

メモ欄（韻目や訳）

七言絶句記入表［仄起式］

○平声　●仄声　◎押韻　△平仄どちらでも可
◐◑上下で平仄を違える

氏名

詩題

△	●	◐	○	◑	●	◎
△	○	△	●	●	○	◎
△	○	△	●	△	○	●
△	●	◐	○	◑	●	◎

メモ欄（韻目や訳）

［編著者］
後藤淳一（ごとう じゅんいち）
1964年東京都生まれ。早稲田大学大学院文学研究科修士課程修了。同博士後期課程満期退学。現在、法政大学講師。全日本漢詩連盟副会長。櫻林詩會幹事。『二松詩文』（二松詩文会）編集委員。諸橋轍次博士記念漢詩大会審査員。『漢詩創作のための詩語集』（大修館書店）編集委員。本書の第1～3章、第6章を担当。漢詩実作指導第一人者の石川忠久先生の指導を三十余年にわたって受け、大学や市民講座などでも漢詩実作の指導に当たる。

［執筆者］
中嶋　愛（なかじま あい）
『漢詩創作のための詩語集』編集委員。第4章、第6章を担当。

岡本利昭（おかもと としあき）
神戸大学附属中等教育学校教諭。第5章を担当。

はじめての漢《かん》詩《し》作《づく》り入門《にゅうもん》

NDC921／85p／24㎝

初版第1刷──2023年 6月20日

編著者────後藤淳一《ごとうじゅんいち》
発行者────鈴木一行
発行所────株式会社 大修館書店
〒113-8541 東京都文京区湯島2－1－1
電話　03-3868-2651（販売部）
03-3868-2293（編集部）
振替　00190-7-40504
［出版情報］https://www.taishukan.co.jp

装丁・本文デザイン・組版────井之上聖子
印刷所────壮光舎印刷
製本所────ブロケード

ISBN978-4-469-23286-8　　Printed in Japan